无爱之城

白薇/著

当代世界出版社

图书在版编目（CIP）数据

无爱之城 / 白薇著. -- 北京：当代世界出版社，2016.6
ISBN 978-7-5090-1104-1

Ⅰ.①无… Ⅱ.①白… Ⅲ.①言情小说—中国—当代 Ⅳ.①I247.5

中国版本图书馆CIP数据核字(2016)第092776号

书　　　名：	无爱之城
出版发行：	当代世界出版社
地　　　址：	北京市复兴路4号（100860）
网　　　址：	http://www.worldpress.org.cn
编务电话：	（010）83908456
发行电话：	（010）83908409
	（010）83908455
	（010）83908377
	（010）83908423（邮购）
	（010）83908410（传真）
经　　　销：	全国新华书店
印　　　刷：	北京紫瑞利印刷有限公司
开　　　本：	880毫米×1230毫米　1/32
印　　　张：	6
字　　　数：	113千字
版　　　次：	2016年6月第1版
印　　　次：	2016年6月第1次
书　　　号：	ISBN 978-7-5090-1104-1
定　　　价：	32.00元

如发现印装质量问题，请与承印厂联系调换。
版权所有，翻印必究；未经许可，不得转载！

前　言

女主角死了，漂亮的女孩在我的书里很难活到最后，我并不明白她为什么会死，也不知道她有没有爱过，好在这并没有什么关系，不会有人记得她。

从来不觉得活得太久是一件多么值得庆幸的事，人生的大部分时间都用来怀疑自己，虽然这样做没有任何意义，可是却无法停止。进入老年的人也许会更加感激世界给过自己一次存在的机会，年轻人总是在挑衅自己的生命，直到屏幕上出现 Game Over。

十二岁的时候，一个和我相熟的女孩得了肺病去世；十七岁的时候，在夜晚火车上遇到的少年被帮派捅死；二十一岁的时候，大学里唯一一个拥有干净机敏眼神的女孩在学校旁边的宾馆自杀，还有无数诸如外企工作过劳死的，胶东线事故的，被枪击的同学，等等。生命犹如一颗流星而非恒星，没有我们以为的那么坚强，死亡是黑色的花朵，绚丽，肃穆，带着黑色的星空，在夜晚暗自开放。

一个美丽的没有安全感的女孩子，听上去似乎有多么的特别。可是现实告诉我们，不一样和特别是两个完全不同的概念。当你把自己摆上货架，就不要抱怨这世上的人分高低贵贱。姑娘们各有各的骄傲，但是玛丽苏的故事不过是给姑娘们拍的成人片，只不过女人和男人一样，从来不对成人片的真实性有所怀疑。

我并不是悲观主义者，也难总追求高雅，可是还没有沦落到靠写成人片过活。女人都是渴望爱情的动物，爱情往往是对于她们无比在乎的容貌给予的最高肯定，可是同时女人还想要钱，要尊严，想要的东西太多，最后往往弄巧成拙。

现实社会，男男女女，无非是拼演技高低。

我有时想，在一切一切的最初，是否有过那纯粹的温柔，还是一切不过是我高烧的幻觉。

曾经有那么一个瞬间，发现自己在和什么人相爱，下一个瞬间，却忘记了恋人的脸。感情来得如此突然，去得不知所以。

我在忘记告诉你我爱你之前，你已经消失不见。最后一次看到你的那个路口，我一直记得，可是你的脸，我用力想了很久，也想不起来。

如果我们再次遇见，不过是再一次的擦肩，这是好的事，在还爱你的时候离开。这世上，禁不起那么多一生一世。

最后感谢你和这本书的相遇，希望你觉得它有趣。

很多人曾向我热烈地表白过，说为我心碎，我知道他们并没有。此刻轰鸣的火车从我身上碾过，心脏冲破了瓣膜的束缚，彻底得到了解脱。火车时刻表上并没有记录这个班次，我想早些结束这一切，是上帝送我的好运。

我没有想你或者想他，剧烈的疼痛带来的快感让一切如此的模糊，在模糊之中我感觉到了前所未有的平静。我终究见过了你们这些人，也厌烦了你们这些人，我可以走了。

天气阴冷，这是疼痛最好的麻醉剂。这个世界上，我会想念的东西不多，Christian Louboutin 的黑色反绒 So Kate 恐怕是这世上唯一会被我想念的妩媚的灵魂，我的 Best Friend Forever。

至于我的爱人，我已经不爱你了，我只是对于等待遥遥无期的死亡感到无比的绝望，无法面对不再爱你的无聊余生。

2013 年的 11 月,我在赫尔辛基机场巨大的白色贵宾室里候机。一群面色凝重的日本人像风一样晃来晃去让我无比烦躁,一抬眼,看到了一个男人。我微微一愣,我知道,眼前的这个男人即便脱了他萨维尔街定制的西服,也会一样的好看。

我对于好看的男人,一贯是没有什么抵抗力的,好在男人对于我也没有什么抵抗力。

我起身去给自己倒了一杯起泡酒,坐在他的对面,等待他看到我。他似乎对于周遭的一切没有任何兴趣,只是盯着自己的苹果手机。我笑了笑,起身,走了过去,问道:"先生不好意思,可以借用一下你的手机充电器吗? 我的不小心托运了。"

他抬起眼,目光缓缓地从我身上扫过去,他的眼神停留在我的脸上时微微的有些诧异,不过只是停顿了一下,说:"不好意思,我马上就要登机了,不然你问问前台?"

这个答案完全不在我的预料之内,算了,不过是一个长得好看的男人。虽然有些失望,我依旧笑笑说:"没关系,打扰你了,谢谢。"

看着眼前的一排白色吊灯，烦躁又卷土重来，我拿起手包，去了吸烟室。

吸烟室里人不多，亚洲女子的面孔毫无预料的只有我一个。不远处站着一个男人，我首先注意的是他的西装，似乎和贵宾室里的冷面男的西服出自同一个裁缝。

大概我的目光太过直接，男人犹豫了一下，走到我面前，问："有什么可以帮到你？"

英国留学背景，我心里暗暗地想，摇摇头，瞟了瞟他，吐了一口烟圈，说："西服不错。"他的眼神瞬间警觉了起来，唇角无意识地向上一提，不过很快被满满的得意代替，懒洋洋地说："美女如果有需要我可以介绍裁缝给你。"

我笑笑说："你如果说要介绍 Valentino 给我，我大概会更有兴趣。"

男人饶有兴趣地看着我，说："是吗？来，我看看他电话多少。"

说着，倒真的拿起手机翻了起来，过了两三秒，抬起头来，满脸歉意地说："不好意思，我恐怕不认识他。"

我扑哧一下笑了出来，说："那你认识我吗？我是薇若妮卡。"

男人拿出手机，头都不抬，说道："薇若妮卡小姐，你的电话？"

这个男人倒是有些意思，我吐了一口烟圈，说了几个数字。男人娴熟地记下了我的电话，拨了回来，我摁掉电话，抬起头，看着他的眼睛，他眼里是满满自负的笑意，轻轻地说："官山。"我笑笑说："够文艺的啊？"他皱了皱眉头，似乎有些不满，然后又说："这是我真名。"真名？没见过搭讪给真名的，不过真名假名实际上都是一样的毫无意义。

我们俩靠在墙壁上沉默地吸烟，这个奇怪名字的男人，他大概很富有，因为他并没有那么出众的英俊却无比的轻佻。

毫无意外的，我在登机口又看到了官山，果真是和冷脸男在一起，我们乘同一个航班飞北京。我和他们的座位只隔一条走廊。冷脸男大概是已经知道了故事的始末，看我的眼神有着淡淡的不屑。我并不在意，甚至自鸣得意。官山和冷脸男换了座位，方便和我聊天。

我们自然是调起情来，任何容貌得到眷顾而百无聊赖的青年都会如此，点头微笑不足以纪念他们荷尔蒙的邂逅。冷脸男在一边由面无表情变为眉头微皱，最后发展到每隔五分钟都会发出一声无奈的叹息。官山大概是被他叹出了心理障碍，稍稍向后靠了靠，脸依然面向着我，但是并不说什么。

我眼睁睁地看着冷脸男的眉头放松了，心有不甘。把脑袋凑过去，对官山说："你让我看看你的姻缘线吧。"

官山有点吃惊，还是把手伸了出来。冷脸男似乎已经对此忍无可忍，拍拍官山，说："让我出去一下。"官山把刚刚伸出来的手收回去，我的手有些尴尬地停在了去官山姻缘线的路上。我冲官山勉强地笑笑，说："我睡一会儿。"说完就拉出了眼罩，把座椅放平，不再看官山。

一觉醒来，不知睡了多久，我摘掉眼罩，机舱里的小屏幕闪着光，一眼望过去，最新的电影已经集齐了。揉了揉头发，瞄了一眼旁边，官山开着阅读灯大概在看文件，冷脸男居然在玩手机！

我赶紧把眼神收回来，摁了服务灯。空乘很快来了，柔声细语地问我有什么需要。我笑笑说："麻烦帮我拿一杯水。"又探过身去，拍拍官山，轻声地问："喝水吗？"

空乘也礼貌地转向官山，然后看到了玩手机的冷脸男，大概是觉得这两个男人没什么好勾搭的，冷着脸说："先生，麻烦把手机关一下，我们机上不可以用的，飞行模式也不可以。"冷脸男僵在了那里两秒钟，然后说："不好意思，我现在就关机。"前排看电影的一个大胡子老外不知什么时候也来凑热闹，从嘴里轻轻地飘了句："Chinese。"冷脸男低着头，官山对空乘说："我不用水，谢谢。"

空乘走后，我对冷脸男说："抱歉，刚睡起来，没有看到，让你尴尬了。"冷脸男十分勉强地从嘴里吐出了一句："没事。"官山强忍着笑意对我说："没事没事。"

我别过脸去，不再说话。插上耳机，认真地选了一部电影来看。电影看到一半的时候，广播响了起来，北京已经快到了。我整理了一下头发，细细地涂好口红，Tom Ford 的 smoke red，把手包放在一边，发现官山正看着我，于是笑笑说："不想去洗手间,不介意吧。"

官山摇摇头,说:"美景。"

我含着头,只是笑。

下了飞机,冲他们摆摆手,去了贵宾通道。司机接过我的背包,我看着黑透了的天,闻了闻凉丝丝带着焦味的空气,没错,这是我的北京。

回到建国门的公寓,房间已经被打扫过了,大大的开间空空荡荡,很是寂寞,打开热水,扔了一个泡泡球到浴缸里,开了一瓶红酒,端着酒杯来到了浴室。

热水澡是疲惫杀手。我半躺在浴缸里,想想这次的芬兰之行,至少是该做的都做了,也算任务圆满结束。这次去芬兰,是去参加教父的葬礼,我是他的遗产继承人之一。作为一个中国女孩,有教父实在是一件匪夷所思的事,有干爹的倒是不少。实际上我并不是一个多么虔诚的基督徒,只是这个可爱的顽固老绅士觉得这是最合适不过的称谓。我以为这不过是个玩笑,一个年老的男人头痛替陪他聊过几次天的年轻女孩找一个合适的位置,灵光一闪的小小创意。可是我没有想到的是,他居然真的很有钱,而且他把他财产的一部分,留给了我。我虽然在他年老时出现,带着耐心和好奇和他这个可爱的老顽固喝了些心灵咖啡,可是在他躺在病床上时可不是我紧握着他的手说让他不要害怕,实际上,他安详地在自己的公寓里离开了这个世界,孤独一人。

他特别指明了希望我去他的葬礼并且托人帮我打理了所有相关的事项,他的代理人从芬兰接到我后,我才知道他留给我66万欧元,扣完各种税费和律师的费用后到我手中的不过一半多一点。

整个葬礼过程中的不适感一度想让我夺门而出,一切都怪黑色 So Kate 红底鞋。欲言又止的目光在我身上扫来扫去,我只怪自己没有买件防弹衣。好在我继承的这部分财产只不过是他遗产中很小的一部分,他的家人还是礼貌冷淡地和我做了贴面礼,给我留了第二排的位置。

我看着那个静静地躺在那里的小老头,哦,我的教父,那个固执的会用拐杖敲桌子的小老头是真的离开了。再也不会有人一脸鄙视地看着举着 BR 冰淇淋筒的我说:"淑女只吃香草冰淇淋,当然,意式的。"这个英国血统的芬兰老头,瞧不起美国的一切,伊顿毕业,当然得是伊顿,长辈服务过一战二战。一个真正的绅士,只在出生和结婚时上了日报的纯正的英式绅士。

我和他是在国贸的星巴克门口遇见的,那时我刚刚到北京,天知道我为什么要问一个外国老头子地铁怎么走。没有想到的是,他居然告诉了我准确的位置,我道了谢,转身准备走进星巴克,他叫住了我,说:"很差的咖啡,美国人的,如果你一定要喝便宜咖啡,可以试试 costa。"我不禁觉得暗自好笑,但还是礼貌地谢谢他。准备等他走开以后再进去买一杯咖啡。没想到他就像一个哨兵似的站在那里,把腰杆挺得笔直。似乎咬定了他一走开我就立刻会冲进这家星巴克。我看着他,摇摇头,有些无奈地说:"你开玩笑吧?"老头居然挤出了一丝可以称之为甜蜜的微笑,说:"只和年轻漂亮的淑女偶尔开个玩笑。"我突然意识到,也许他以为我问他地铁站在哪儿是在和他搭讪。哦,一个这把年纪的老头子,会真的天真地以为会有刚上大学的女孩子和他搭讪。我不知如何解释,居然白痴地说:"刚才我问您地铁在哪儿可能让您误会我是在搭讪,相信我,我是真的需要知道地铁站在哪儿。"

老头子眨了眨眼睛,抿了抿嘴,说:"哦,老汤普森已经没有魅力了。"

我觉得眼前这个老头子不管打着什么主意,简直有趣到了极点。

于是我让他带着我去了一间合格的咖啡屋。我们实际上没什么交集,可是聊得出奇的开心,他为了和孩子赌气,弄了一个外国专家证跑到了中国,租了一间公寓,静候他的两个孩子后悔。他说得轻松自然,时不时地打趣着自己,他的小女儿薇若妮卡今年只有 25 岁,超级有主意,有主意到交了女朋友,他作为一个传统的绅士是不可以接受这件事的。他的儿子,已经快四十岁了,是个固执的英式古董,可是却没有领悟到英式古董的精华是固执得有趣,他毫不留情地抛弃了有趣。不过他在她妹妹的性取向上居然可以如此的有创新意识,真是让他惊讶。我问他来中国多久了,他说大半年了。

我叫了起来："大半年了他们还没有来找你回去？"他又露出了他固有的那个顽皮的微笑，说："他们不知道我在中国，总有一天他们会想到去我家里看看我怎么样，当他们找不到我时就会开始打听，我到底去哪儿了，我的管家就会告诉他们，我去中国了。"我说："那他们这半年打电话时居然都没有问你去哪里了？"他说："不不不，这半年都是我的管家汉斯帮我接电话，他会告诉他们，他会代转对我的问候，也欢迎他们来看望我。"我想说什么，却又觉得不说为妙，我问他："那你的妻子呢？"

他停了下来，看着前方，慢慢地说："艾丽莎啊，她走了，拿着我的钱。我们离婚了。艾丽莎真是个美丽的姑娘。"

我似乎突然想明白了，说："肯定是这个艾丽莎让你的孩子和你冷战，这样他们就不会去拜访你，也不会知道你跑到中国来了。"

汤普森使劲地摇摇头，说："哦，宝贝你不懂，孩子不是艾丽莎的，两个都不是。他们从来不是朋友。"

老汤普森带着微笑，我明白我想的一切他都明白，可是这个骄傲的绅士不能让别人拆穿他伤透了的心。

趁这位老先生去洗手间的时候，我付了我们的午茶钱，我通常不会给男人付钱，可是这个萍水相逢的汤普森，他是个固执的孩子，应该替他买点点心安抚下他的心情。

汤普森发现我已经付过账时，叹了一口气说："我25岁以后就没有女士为我花过钱了，哦，当然她们也会给我买生日礼物，用我的钱。"

我歪着头，笑着说："那我真应该在你26岁时遇见你。这样你老了就可以说，我这一辈子都有女士主动替我买咖啡。"

汤普森爽朗地笑了起来，说："如果我希望得到你的地址，希望你不要觉得冒犯。"

我拿出一张名片，那是学校替我印的，双手递给他。他眯起眼，很认真地看了一小会儿，他对我说："你是要回学校去吗？我来送你吧。"

我急忙摆摆手，说不必了。但是他坚持到固执，我只好任由他把我送到学校门口。下车后，我向他挥挥手，他对我说："我会给你写信的。"

自然的，我们后来真的又喝了很多次咖啡，他似乎不太用手机这种东西，我们的每一次约会都是用电子邮件来确定时间。他甚至在我期末考试之前寄了大捧水蓝和粉紫的绣球花和印着他名字的卡片给我。

一次我正好晚上有约会，是真正的那种约会，下午先同他一起喝咖啡，我记得那天穿着 So Kate 红底鞋，坐在他对面。

他缓缓地说："一个传统的淑女是不会穿这种鞋子的，可是艾丽莎会穿，她是法国人，我不怪她。我的小薇若妮卡也会穿，穿着又那么漂亮，让我不知道该说什么好。我的薇若妮卡穿什么都是美的。"

他说到这里，停下来看看我，我静静地看着他。他吸了一口气，掏出钱包，取出一张照片，照片非常平整，是个年轻的姑娘。我接过照片，吓了一大跳，这个姑娘和我太像了！不但长得像，而且神似，那眼神里目空一切的不屑和莫名其妙的自信。

汤普森喝了一口咖啡，清清嗓子说："原谅我会这么说，可是你做过整容外科手术吗？"

我有些生气，讥讽地说："我不过19岁而已，最后会长成什么样子还说不好，做什么手术？"

汤普森解释道："希望你不要生气，只是你的样貌和气质和典型的中国人都有出入。"

我吸了一口气，说："我的曾祖母是白俄罗斯人，我曾祖父当时是个大资本家，收留了逃难的曾祖母做他的妾。"

汤普森不置可否地笑了笑，说："薇若妮卡的妈妈是捷克华裔，我的第二任妻子。"

我的天哪，怪不得25岁过后就没有淑女替这个老头买过咖啡。成熟女人替男人花钱无非两种原因，一是想从这个男人这里得到什么好处，一是不想让这个男人从自己这里得到什么好处。显然，两种对于他都不太适合。

汤普森坚持把我叫做薇若妮卡，看来他是真的想他的女儿。

不管怎么样，我已经参加了他的葬礼，让我惊讶的是，他居然在临死之前让律师、会计，大老远跑去中国修改了遗嘱，处理好了一切财务问题，把一切事情安排得井井有条，然后孤单地死了。更让我惊讶的是，他的真正的薇若妮卡到那个时候还是没有出现。

我在他的葬礼上见到了他的三任妻子和两个孩子，他们对于我自然是有不满的，可惜我继承的那部分又太少，我们的冲突远远不如他们之间的矛盾，实在不值得大打出手对簿公堂，也就单纯地用眼神划分出了领地。

律师说，汤普森给我留了一封信。我打开，上面写着简简单单的一句话：任何一个绅士，都应该在一个淑女请他喝过咖啡后给她一些回报。

我的教父，老汤普森先生是个多么有趣的老头啊，愿他在天堂能想通他的薇若妮卡已经铁下了心和女孩在一起，为了他们有朝一日能够相遇，他最好劝劝上帝把上天堂的标准放得宽松些。

我泡完澡，裹着雪驼绒的浴袍，上了一层睡眠面膜，准备休息。手机响了起来，是官山。

我一点也不惊讶。他一定是遇到过无数个像我这样烟视媚行出处不明的女子的，轻车熟路，直接明了。

官山问我住在哪儿，想找我喝一杯。

我看看自己，累得浑身像一团没醒好的面，此时此刻只想像只猫一样蜷在沙发上，在一场慢得要死的欧洲文艺片中睡过去。而不是武装到牙齿去和某个男人约会，有钱的也不行。

我笑笑说："不知道你会打给我，已经和别人喝过了。"

官山也不恼，说："你记得我以后会打给你，好好休息吧。"

我到底有没有男朋友,这真的是一个让人难以回答的问题。我想有过吧,他曾经是这么说的,我是他的女朋友。

我不愿意提他,提起他我总是会哭,没完没了地哭。我已经很久很久没有他的任何消息,已经习惯不去想他,还在试着习惯在一个人的时候不要想念他。依旧记得,最后一次见他,在冬日的街口,他温柔地说:"晚些打给你。"在我的额头上轻轻地吻了一下,在风中转身而去,衣角飞扬,我皮肤上留下的嘴唇温柔的余温,那一刻是如此的苦涩。

我知道我们时日无多,可是我从来没有问过,无多到底是多久。后来我知道了,是两年十一个月二十八天。

官山第二天并没有打我的电话,第三天也没有。在我差不多快忘记他的一个下午,天空中飘着细细的雪花,我坐在一个花园咖啡屋里喝茶。店里没人,我百无聊赖地看着眉眼秀丽的店主用早晨从密云运来的水煮桐木关正山小种,老银壶在电磁炉上发出咝咝的细语,翻着泡的茶汤被倒进已经开始变得有些黏稠的奶中，店主一边搅着茶，一边说："不好意思，店里不让用明火，不然奶茶口感会更好些。"

我摆摆手，回到座位上看着窗外花园里一片萧条，唯有几株郁金香的茎叶在勉强撑起一点绿色。室内的暖房里，矜高的蝴蝶兰幽幽地吐着芬芳。

我看着眼前骨瓷的茶杯和两层的点心架，觉得快睡着了。电话不合时宜地响了，官山冷冷的声音一下打破了这微醺的午后。

他对我说："我恐怕得请你来一趟。"

他这样的直接倒是很有趣味，我托着下巴，说："你终究还是没办法不想我啊。"

官山微微的一顿，说："我在中国大饭店，你现在可以过来吗？"

我轻轻地笑了笑，说："第一次约会都不预约，英国人是这么教你的？"

官山似乎有些烦躁，说："你现在在哪儿？我可以叫人接你。"

我心中有些不悦，冷笑了一声，说："我今天没有空。"

官山说："你最好有空，不然就不是西装革履的绅士坐在大酒店的咖啡厅里问你话了。"

我被他说得莫名其妙，虽然不愿意，可还是答应他赶过去。

官山面目阴沉地坐在中国大饭店的咖啡厅里，面前摆着一杯美式咖啡。我有种预感，这不是什么充满甜言蜜语的第一次。

官山看到我进来，指了指对面的座位，说："坐。"我坐了下来，并不看他，招呼来服务生，说："麻烦帮我点双份浓缩。"然后把整个人窝在沙发里，歪着头有些挑衅地看着他。官山面无表情，开门见山："你去芬兰做什么？"

我微微一愣，抵触地说："先生，请问这和你有什么关系？"

官山皱了一下眉头，从脚边拿起公文包，抽出一张照片，放在桌上，指着其中的一个背影说："这个是不是你？"

我眼睛斜斜地瞟了一眼那张照片，倒吸了一口凉气，坐直了身体，直勾勾地看着官山。

那是汤普森葬礼的照片，我的鞋底在一片黑色中突兀的红着，黑色金丝绒的礼服剪裁得是如此合身，以至于虽然我挺直了背，水蛇一样的腰线还是一览无余。

官山见我不说话，说："你还是回答我吧，免得事情越来越糟糕。"

我顿了顿说："我去参加我教父的葬礼。"

官山瞪大了眼睛说："教父？汤普森是你教父，你们认识多久？"

我说没多久，三年多一点。官山意味深长地看了我一眼，说："你怎么认识他的？"

我只好把我和汤普森的事从头到尾说了一遍。官山似乎有点不买账，说："就因为你们喝过几次咖啡，他就留给你将近五百万人民币的遗产？"

我纠正他，那是税前，而且我并不觉得五百万有多么了不起。

官山又问:"你大学毕业了吗?为什么不上课?"

我摇摇脑袋,说:"有什么问题吗?"

官山又说:"既然五百万不算什么,想必你是很有钱了。"

我抿着嘴,不说话。过了几秒,抬起眼睛,说:"至少我把自己照顾得很好。"

官山冷笑一声,说:"和汤普森扯到一起绝对不是会把自己照顾得好的女生会做的事。"

我有些气愤,说:"你到底想说什么?"

官山笑笑说:"我只是想说我不会把这么多钱给一个自己偶然遇见陪自己喝了几杯咖啡的女人。"

我嘴角向上扬了扬,轻蔑地看着官山,说:"你觉得我是他情妇?我和他的事和你有什么关系?你是突然冒出来的私生子?"

官山听到这话,几乎要跳起来,我看着他按捺住自己的情绪,手抓着把手,才稳稳地坐在那里。

我得意地看着他,他吸了一口气,问我:"你们一般都聊些什么?"

我说:"无非是他复杂的家庭,或者他看看我的设计图样,抱怨抱怨交通,评论各国领导,没什么特别的。"

官山似乎不信,说:"汤普森有兴趣把时间花在这些毫无意义的事情上?我不相信。"

我摆出一副你爱信不信的表情。官山似乎有些无奈,口气缓和了一点，问："他有跟你提过他的生意吗？"

我摇摇头，说："我只知道他大概是有什么贵族血统，你知道的，凡是在中国遇见过漂亮姑娘的欧洲人都有贵族血统。"

官山皱了皱眉头，说："你真的没有骗我？我相信你才约你出来。"

我饶有兴趣地看着他，说："你的追求方法很特别。"

官山叹了一口气，说："如果以后我们还会见面的话，不要对别人讲今天的事可以吗？"

我探过身子，看着他的眼睛，带着笑意说："我们下次见面时还会有别人？刺激哦。"

官山不搭腔，往桌上扔了三百块钱，说："我先走了，抱歉不能送你。"

我看他走远了，长长地舒了一口气，叫服务员买单。

晚上回到家，放好洗澡水，我开始回想官山说的话，发现其实我对汤普森的确一点也不了解，我了解他的每一个家人，却一点也不了解他，这真是奇怪。

我有些失神地望着天花板，水汽中似乎看到了汤普森冲我眨了眨眼睛，似笑非笑。

那一夜我睡得很沉。醒来时，天已经大亮。从床上下来，站在镜子前理了理自己乱糟糟的头发，发现自己依旧一脸菜色。又想起昨天和官山毫无意义的会面，觉得挫败无比，一个男人，没有对我表示赞美，还让我对自己的智商产生了怀疑。

音响里流出德彪西的阿拉伯风格曲时，我觉得那个自己又回来了，走进衣帽间，挑了一套黑色的蕾丝内衣。随手拿起一件浅灰蓝色的高领羊绒衫和一条灰色做旧牛仔裤套在身上。

拉开门口的衣柜，挑了一件淡蓝色的羊绒大衣，蹬上一双灰色蜥蜴皮的切尔西靴，正式出门。

进了电梯，看到电梯里的镜子，我才意识到自己没有化妆，又懒得折回去，从包里翻出一支珊瑚红的雾面口红，对着电梯涂了两下，又用手点了点，把它晕染得更加自然。

从某种程度上来看，我还算是幸运，刚刚大学毕业，就有了自己的店，作为一个无脑又热爱烧钱的女孩，我自然开的是配着刚出炉蛋糕的咖啡店，只不过我的店里还卖花、家用香氛、蜡烛、骨瓷和各种黑色长筒袜。

我的店叫上东区，服务员穿着仿《蒂凡尼的早餐》里赫本的小黑裙，把头发盘得高高的，脖子上挂着一串珍珠项链，不过，是淡水珠。

坦白讲，我的东西并不便宜，开业时间不长，不过生意一向不错。来的女生很多，喝过咖啡往往还会带走几朵花，而买过我长筒袜的女生，总是不断地买下去。

我开店的钱，当然不是老汤普森给的，是我的情人，或者，前情人，因为他也毫无预料地失踪了。

我在男人方面的运气一向出乎意料的好，我并不介意承认这一点，女人打心眼里都是希望有机会靠男人吃饭的，不过很多因为想吃燕窝，对方请了燕麦而赌气走上了女强人的道路。

咖啡店开在使馆区，老外顾客并不少，偶尔我也会穿一身丝绒旗袍，绾着头发，化着细长的眼线眯着眼从厚重的帘子后面走出来，好像二十一世纪的苏丝黄。

我 是一个早熟的人,在别的姑娘还在青涩地远观暗恋的学长打篮球时,我已经知道如何涂着口红在交际场上如鱼得水。

又有什么办法,我连自己的父母是谁都不是很清楚,十二岁以前就换了三个寄养家庭。十二岁以后,不再有家庭愿意接收我,我想大概是我超乎年龄的冷静乖巧和妩媚不是很受女士们的喜欢。

接着我遇到了我的情人,那时他大概还只是单纯地想帮助我。他的公司成立了一个基金会,专门帮助需要接受教育的女童,而我因为出色的成绩被选中。也不知道他们是怎么找到的我,但从那之后我就交了好运,被送到英国去上了一年预科,进了寄宿学校。每个周末,会有专人来接我,给我进行额外的数学和计算机培训。所以在我 GCSE 三年级时已经熟练掌握基本的编程方法和基础高等数学。

我从来没有给英国的同学们提起过我的真正出身,她们所有人都觉得我是出身于中国哪个富商或者高官家庭,能够初中就送来读贵族寄宿学校。加上亚洲人天生的神秘感,我简直被捧上了天，甚至高中读女校时居然没有被姑娘们折磨死。似乎西方人很追求和受欢迎的人为伍，至少表面上想做我朋友的远远多过了想折磨我的。

而我的情人，在我在英国的这些年里从来没有出现过，我已经忘记了他的名字。本来我想像所有心怀感激的孩子一样给他写几封泪如雨下的感谢信，然而实在也不知道该往哪里寄，只好每次拜托前来了解我情况的监护人向他转达对他的谢意。

最终，监护人告诉我，他根本不认识这位我口中的大好人，我应该感谢的是基金会，是基金会为我高昂的教育买单。

再见到我的情人，或者说是曾经这个基金项目的负责人，是当我准备申请大学的时候。基金会要求我申请牛津或者帝国理工，而我一心想去圣马丁学设计。他跑来英国专门做我的工作。那时我不懂，基金会对于我的帮助不是出于人道主义吗？那么我为什么不能成为一个设计师，而非要成为一个满口胡言乱语的政客或者经济师呢？

后来我懂了，人道是给你一口饭吃，而让你穿着定制的衣服学习马术，绝对是另有所图。

我问我的情人，就叫他金先生好了，这个基金项目一共资助了多少个女童？

金先生有些火大，说："我们在你身上花了上百万人民币不是为了让你质问我。"

金先生在英国停留了十天，充分见识了我的桀骜不驯后扬长而去。我在英国被捧上天的生活已经让我忘记了自己究竟是谁,真的以为自己是可以随意任性的富家小姐。

半个月后,监护人找到我,面有难色地说:"你成绩一直非常的优秀,但是我不得不告诉你,基金会决定停止对你的资助了,他们最后会给你返程机票的钱,帮你解决在中国的户口,并且提供在中国三个月的生活费。"

我一下愣住了,喃喃地说:"他们不可以这样。"

监护人很为难地说:"恐怕没有别的办法了,苏。"

我沮丧地回到宿舍,高中还有大半年才能毕业,本来是有一片大好的未来摆在面前,而现在呢?居然要被送回国安置。能怎么样呢?我甚至没有办法进公立高中继续学业,就算可以,也许我有那么一丝丝的希望会被保送进大学,否则我又踏上寻找资助人的漫漫长路。或者,我也许可以去找一份工作,可是我实在想不到一个高中都没有学完的人能找到什么体面的工作,也许餐馆服务员?

想到这一点,就让我不寒而栗,或许我可以申请圣马丁的奖学金,可是一个设计学院,估计是没有全额奖学金的,就算有,我也想不通为什么要发给我。我开始不得不面对这个现实,我没有钱了,在这个资本主义社会,这实在是个太可怕的事情。

窗外的月光冷清清地铺了我一身,我拨了监护人的电话,这几年来的头一次放下那高傲的腔调,说:"我想了想,觉得争取上牛津是个更明智的选择,很抱歉之前因为我的失误给金先生带来的困扰，我现在希望尽快地纠正这个失误，您方便替我转达一下我的歉意吗？"

监护人显然是被我的电话吵起来的，他的声音粘在一起，不过作为一个绅士，他并没有对我的失礼表现任何的不满，或者我的境遇已经让他产生了足够的同情，让他忽略了自己被吵醒的不适。

他顿了顿，说："苏小姐，我会向基金会那边转达您的意思，也会尽力为您争取您本身拥有的权利，但在同时，我希望您做好回国的打算，他们并不准备资助您到高中毕业，这个学期结束，您就应该回国了。"

我觉得我甚至快哭出来了，低声地说："无论怎样，我只是迷途了一小会儿，并不怎么碍事的，请一定转达我的意思，我相信事情并没有我们以为的那样糟糕。"

电话那头是几秒钟难熬的沉默，监护人终于缓缓地说："我一定会尽可能帮助您，像我一贯那样，现在，苏小姐，祝您晚安。"

我灰心地放下了电话，他甚至不再像从前那样说，"我的苏，你又得了第一，这实在是太棒了。"他只是生硬地叫我苏小姐，英国人所谓的为您争取您的权利完全是一句安慰，我知道他最多告诉对方一句我改主意了，剩下的，什么也不会做，或者说，做什么也没有用。

我抱着膝盖坐在床上，开始思考这个不同寻常的项目和这个基金会。我彻底糊涂了，不明白这个基金会一切行为是为了什么，开始以为他们给我提供如此优渥的条件大概是出于税收和广告的原因，可是从来没有任何组织来找我拍过任何的宣传片，我甚至 google 不到这个基金会和这个项目的名字，因为我也不是很清楚这个基金会具体的名字。而如果不是这两个目的的话，我实在想不通他们为什么要大费周折地把我送出国来，甚至给我请专业人员教我西方人短板的数学和编程，以及提供我学习马术、击剑、滑雪的条件。

而在我终于离脱离他们的资助越来越近的时候，他们又突然要求我按照他们的要求为自己的未来做计划，似乎他们一点也不为我一点点到来的独立自主而感到高兴，反而要牵绊着我不知道多久。

不过事实证明，我也不需要追究这件事情了，因为事情已经被决定了，我改不改变主意都不那么重要，重点是我不能有自己的主意。

我坐在拥挤的飞机经济舱里，想着自己该怎么办。到达北京后，有人来接我，把我送到火车站附近的一家 7 天酒店就离开了，给了我一张火车票，第二天去银川。

一想到要回到那个半个城市都弥漫着羊肉泡馍气息的地方我就无比的痛苦，有什么必要回去呢？我甚至在那里不认识几个人。

我问接我的人我可不可以留在北京，他只是生硬地回答，我的户口在那里，回去比较好，这样重新回学校的可能性会比较大。

我有些无奈地问："基金会真的就彻底放弃我了吗？彻底不管我了？"

对方沉默地帮我提着行李，什么都不说。

不行，不能回去，我跑到火车站，拿着户口簿去退票，我甚至没有身份证，因为中间没有回过国。

我得去找基金会的人，哪怕跪下来说我错了，恳求他们，让他们把我送回英国，我的生活，我的未来在那里，而不是哪个餐馆里。

我实在不知道基金会在哪儿，找金先生可能会更加容易。我百度了一下金先生的公司，网站做得很漂亮，公司和传说中一样大，我本来还想着如何找到金先生，结果很轻易地就在高管的照片里找到了他。

第二天一大早，我穿戴整齐，对着镜子细细地画好了眉眼，喷了一点 Jo Marlon 的香水，英国梨。去前台续了一天酒店，拿着地址在北京的地铁里穿梭了一个多小时，终于站到了公司的大厦前。

我踌躇了一下，走了进去。前台小姐很礼貌地问我有没有预约，我只好撒谎说有，她们接了金先生的办公室问有没有苏沁的预约，我听到电话里秘书说没有，急忙给前台说："我昨天傍晚临时约的，麻烦让她问一下金总。"

过了一会儿，前台笑笑对我说："麻烦您登记一下身份证，可以上去了。"

我有些尴尬，说："我告诉你号码可以吗？我没有带。"

前台似乎有些为难，想了想，说："好吧，女士麻烦您看一下镜头，我需要留一张您的照片。"

上了楼，很顺利地找到了金先生的办公室，秘书安排我在门口的沙发上等候一下。我坐在沙发上，心中又默念了一遍昨天晚上背过无数遍的那些话，我想如果让我哭，甚至都不用演戏，想想自己的现状，是立刻就可以哭出来的。

过了几分钟，秘书说："女士您可以进去了。"

秘书替我推开金先生办公室的门，我端着她刚替我倒的茶走了进去。我听到秘书轻轻地把门带上的声音，突然大脑一片空白。

金先生坐在那里看着我，似乎有些疲惫。我深吸了一口气，走到他面前，自己拉开椅子坐了下来。对他说："我愿意去考牛津，我错了。"

金先生叹了口气，说："小苏现在说这些都没有什么用了，基金会已经做出了决定，你的事情已经画上句号了。"

我抬头看着他，说："你是这里的董事总经理，你可以帮我的。"

金先生无奈地摇摇头，说："姑娘，公司和基金会是不一样的机构。"

我不相信地看着他，说："基金会不就是你们的避税工具吗？你们还是实际控制人的，你是可以帮我的。"

金先生不置可否地说："不是这样的，实际上这个很复杂。而且你的资金已经用在别处了。"

我觉得自己的脊梁被戳了一下，眼泪毫无预兆地流了下来。我看着金先生，说："一定是您不愿意帮我对不对？"

金先生似乎做好了我会如此的准备，面部表情没有任何变化，说："姑娘，你弄错了，不是我为难你，而是你已经不再适合基金会了。"

我忍住眼泪，说："你们帮了我这么多年，然后今天突然说我不适合？"

金先生叹了一口气，说："这样，你别哭了，回去休息一下，我尽量帮你安排在银川插班上高三，凭你之前的底子，考一所重点大学还是有希望的。"

我看着他说："我想留在北京。"

金先生站起来，一副送客的样子，说："姑娘，你可能没有听明白，基金会已经不会管你了，现在是我个人在帮你，懂吗？不要不知好歹。"

我抬起头看着他，咬了咬嘴唇，说："我好难过。"

金先生又坐回座位，点了一支烟说："宽宽心吧，别总想着英国的事情，你该回来开始新生活了。"

我似乎有点不甘心，说："如果我考上大学，你会帮我申请助学贷款吗？"

金先生点了点头。

我又问："不管我考什么大学，学什么专业，你都会帮我？"

金先生看着我，半晌不说话，最后叹了口气，说："你已经一无所有了，做你想做的吧，孩子。"

后来我回到了银川，只字不提自己在英国的事。功课并没有我想的轻松，因为我选了文科。似乎除了数学和地理，剩下的所有科目都要从头来过，一本书中有半本都让我觉得匪夷所思。

每天放学，我看着已经黑下来的天，想：我真的是一无所有了，但是生活对我还是好的，我不能放弃。等考上大学一切就好了。

后来我考上了大学，高考成绩惨不忍睹，不过没有关系，我考了设计。

去北京的时候，我的心情非常复杂。在银川的每一天，我都想着在英国的日子，我没有办法不想那些时光，我无比的害怕，那些时光会是我一生中最灿烂的回忆，我的未来已经注定了惨淡无比。

但是我想，既然上帝给了我去英国的好运气，我在北京一定也不会混得太差。

拖着不重的行李走下火车，看着熙熙攘攘的火车月台，我有一种莫名的激动。出站时，一眼就看到了金先生，他熨得笔挺的衬衣和嘈杂的火车站如此的不匹配，我向他挥挥手，跑了过去。他接过行李，问我一路是否顺利，我闻到了他身上古龙水的气味，久违的味道，银川没有的味道。

　　上了他的车，看见驾驶台上扔着一双白手套，金先生眉头皱了一下，把手套随手扔到车斗里。

　　一路上，金先生有一搭没一搭地和我说着话，带我去吃饭。他带我去了北京亮，似乎是很出名的餐厅。领位带我们去了靠窗的位置，我点了三文鱼和芝士蛋糕，金先生似乎没有什么胃口，只叫了一份沙拉。

　　整顿饭吃得无比的沉默，沉默到我开始怀疑是不是自己做错了什么。我轻轻地咳了一声，说："抱歉给您添了这么多的麻烦，我工作以后会把我欠您的钱还给您的，谢谢您的照顾。"

　　金先生微微一愣，说："姑娘，心里别装那么多事，好好吃饭，食堂里可都是黑暗料理。"说完又故作轻松地笑了两声。

我也附和着笑了笑，又硬着头皮说："金先生，助学贷款的事还能不能请您帮忙疏通疏通，我问了程序，但是没有人能帮我开证明。"

金先生说："不要担心学费，我会帮你付的。"

我低着头，咬着嘴唇不说话，感觉金先生一直在看我，可是抬起头来时发现他正皱着眉盯着手机。

金先生看了我一眼，说："你吃完了？"

我点点头，他拉我去了学校，替我把宿舍准备妥当，又买了些日用品，正巧碰上同宿舍的同学，女生甜得能捏出糖水来，她看着我说："同学，你爸真帅。"

我一下不知该说什么，金先生倒是爽朗地一笑，说："哪有那么老，是哥哥。"

女孩歪着脑袋一副不相信的样子，又嘟囔了一句："不管是谁，反正真是帅。"

又突然想起了什么似的，像个兔子似的跳到我面前，说："怪不得同学你长得这么漂亮，还有股贵族气质，这届校花没跑。"

我被她一连串的赞美弄得有点手足无措，只好也热情地回应道："同学你皮肤太好了，怎么养的啊？"

金先生意味深长地看了我一眼，摆摆手走了。

金先生带我出去是在一天中午，突然给我打电话说："小苏，你晚上陪我参加一个活动。"我听他的口气，明白这是一个通知，并不是一个邀请。于是并不多问。

过了半个多小时，突然有人给我打电话，是金先生的秘书，带我去为晚上的活动挑衣服。我又看到了半年前第一次去金先生办公室时看到的那个女孩。

她看到我，似乎有些惊讶，但是什么也没有说，一路拉我去新光天地，我试探地问："有预算吗？"

她面无表情地说："只要别太夸张就可以。"

我指指商场入口处的橱窗，笑了笑，问："Dolce&Gabbana算在夸张的范围里吗？"

她叹了口气，把Gucci的帆布包溜下来的带子向上扶了扶，说："不算，不过今天是商务晚宴，还是以简洁为主。"

我看着她，她大概觉得自己的情绪表现得太过明显，又说："你可以试试香奈儿的套装。"

我拼命地忍住笑，只是笑意还是留在脸上。一个背基本款帆布包的白领当然会建议十八岁的姑娘穿丑得可以搭庙跪拜的香奈儿套装，大概关于时装她也就只知道这么多了。

她看着我的脸，似乎很明白我在想什么，声音提高了一个八度，补了一句："今天会有几个法国人，香奈儿比Dolce&Gabbana要好。"

法国人？我感觉身体里像一条小蛇游过一样，今天晚上将是我的机会，方圆几里内找不出第二个比我更会对付这些欧洲客的姑娘了，年轻漂亮的姑娘。

我扭身钻进了 Max Mara 选了一件奶油色羊绒修身细吊带，浅灰色的羊绒大衣，又拐去 Jimmy Choo 选了一双奶白色的细跟高跟鞋。

助理的表情在我选了 CHANEL 的手拿包和 MIKOYOKI 的珍珠项链后变得愈发的难看，当我提出要去做指甲和头发时，她的脸已经阴沉到拍两下手就能下起倾盆大雨的地步。然而我得意洋洋地享受着这属于我的时刻，什么也不担心。

最终当我做好了法式指甲和慵懒的卷发时，助理有些无奈地看着我，长舒了一口气，说："时间差不多了，我送你去找金总。"

金先生看到我的时候，我清晰地看到他的眼睛亮了一下，我莞尔一笑，挑着被画得细长的眼说："抱歉啊，花了你不少钱。"

金先生饶有兴趣地看着我，说："恐怕四年的学费都被你刷完了吧。"

我微微愣了一下，说："我可以明天退回去的。"

金先生笑笑说："这不是英国，姑娘。"

我低着头，咬着嘴唇。金先生走过来，轻轻扶了一下我的肩头，说："走吧，迷人的女士。"

我们到了国际俱乐部的宴会厅，主题冷餐会。满场都是黑色的西装礼服裙，我的奶油白的明亮影子在人群中穿梭着，格外的显眼。毫无疑问，我成功地引起了几乎所有人的关注。在场的中国女性要么不够年轻，要么英文蹩脚，我那如鱼得水的姿态和举手投足的自信显然让金先生赚足了眼球和面子，他满意地带着我在场地里转来转去。几个老外几乎是把自己的名片硬塞到我的手里。对于男人来说，当眼前的女士足够迷人，她是企业高管还是刚入校的大学生没有什么差别，甚至如果是大学生更好，因为年轻。

宴会上，我发现金先生有很多海外的项目，公司的，还有个人的。他需要一个年轻美貌的花瓶在他试图同这些生意人建立私人关系时伴在他的左右，而我，实在是再合适不过的人选。而在现阶段，最好对他表现出绝对的忠诚，切不可为了善变老外抛出的橄榄枝最后弄巧成拙。

晚上回到宿舍后，我发现因为太久没有穿高跟鞋，脚已经快断了，脚后跟也意料之中的磨出了两个水泡。然而自己内心的喜悦翻滚着淹过我的喉咙，我半死不活的生活终于有了一线生机，从金先生的脸上我可以看出，他觉得他的钱花得很值。

睡不着，我抱着膝盖坐在床上看着窗外，开始思考如何把自己手中的一切变成一副好牌打出去。

我忘记自己是怎么睡去的。第二天醒来，阳光懒洋洋地洒了一身，空气中雀跃的灰尘告诉我这是新的一天。我下床用西装袋把昨天晚上的行头整理好，放进了窄窄的衣橱。在脚上贴好创可贴，穿着白球鞋，素面朝天地去上课。昨天晚上小意达儿花儿们的秘密舞会，不适合带进太过现实的生活。

金先生第二次打来电话，是半个月以后。他简短地说："记得那天晚上和我们聊天的英国人蓝斯顿吗？今天我们一起去用晚餐，我六点到你学校接你可以吗？"

我一口答应下来，他问我是否需要买衣服，我想了想，说不必了。

放下电话，我拿起东西就去洗澡。快到晚上的时候，化好妆，把头发松松地扎了一个法式发髻，插了几颗黑珍珠作为点缀，小心地穿上了一件黑色露肩扇袖修身缎面小礼裙，我自己的设计。

没有戴任何首饰，只是在露出的锁骨上扫了一点闪粉。看着镜子中的自己，我的面容因为孤注一掷的姿态显得无比娇艳。

整个餐厅的人都看到了我，看到了我纯正勃艮第黑皮诺颜色的唇。我漫不经心地享受着包含着各种感情的目光，缓缓地来到金先生的桌前。

"抱歉来晚了。"我懒懒地说，训练有素的侍者替我拉开椅子，我坐下来似笑非笑地看着亲爱的来宾。

蓝斯顿自然很高兴见到我，他的女伴是个优雅的三十岁左右的英国女士，只差那么一点点就可以称之为尤物，可惜失之毫厘谬以千里。他们都对我纯正的伦敦腔惊叹不已，我淡淡地笑了一下说："我是罗丁毕业的。"

罗斯似乎并不惊讶，但是还是非常热情地赞叹道："哇，我也是罗丁毕业的。"

我举起香槟杯，说："为罗丁干杯。"

蓝斯顿和金先生也举起酒杯,说:"为我们两位迷人的女士和罗丁干杯。"

美酒,音乐,精致的食物和不太讨厌的同伴,没有什么比这些更容易让人享受一顿晚宴了。除了蓝斯顿,那位女士也对我产生了浓厚的兴趣,教育背景果然是个很能唬人的东西,在西方,良好的教育背后往往代表着良好的资金实力,相对而言,中国的教育体制对于家庭经济状况不佳的那部分孩子来说已经比西方要公平很多。

在我又一次称呼对面的女士为格林女士时,她亲切地伸出手,说:"叫我罗斯,亲爱的。"

蓝斯顿看着我说:"我们不得不佩服苏小姐的品位,每一次她出场都可以选到最得体而又最出众的服装。"

罗斯也附和道,说:"我很有兴趣知道,您今天的礼服是哪位设计师的大作?整个巴黎和米兰时装周上我都没有见过这件衣服。"

我笑着说:"这是我自己做的。"

罗斯惊叫了出来:"亲爱的,你应该在圣马丁,你在这里做什么。"

我斜着眼瞟了瞟金先生,他听到"圣马丁"这三个字脸色明显有些不自在。

我笑着说:"我想多了解一些自己的国家,我有种直觉,未来的设计在亚洲。"

罗斯赞同地点点头，说："薇若妮卡，你一定要来我开的画廊，会给你惊喜的。"

蓝斯顿说："金先生，我早就说过，女士们总会找到办法相处得很好的。罗斯才来北京不到半年，如果有苏小姐这样的朋友相伴，那真是太好了。"

金先生笑笑说："是啊，感谢沃达丰把我们联系到了一起。"

蓝斯顿说："感谢沃达丰。"

金先生在回来的路上看着我，突然说了一句："可惜了，你本来是可以很优秀的。"

我低着头，并不说什么。

后来蓝斯顿和罗斯成了我似乎每周都能够见到的人，从高档的餐馆，到有名的小吃店，从蓝斯顿的办公室、罗斯的画廊，到后来他们的轰趴，从家中家常晚饭到饭后的小酌。偶尔的，金先生还带我见见别的人，但是蓝斯顿和罗斯无疑是主旋律。我和金先生也变得越来越亲密，然而我对金先生似乎还是一无所知，我知道他的家乡，他的奋斗史，可是我不知道他住在哪里，有没有家庭，我们是什么关系。有时我看着他左右逢源的背影，想象如果自己有一个这样的父亲，我的生活会是什么样。

女人都不愿意自己的男伴有太过迷人的女士做伙伴，因为男人对女人的美貌总是会有几分钟放松了警惕，而那几分钟，往往足够一个女人加以利用。

发生迟早会发生的改变是一次蓝斯顿邀请我们去上海参加

一个会议。那天晚上回来，金先生叫我去他的房间。他喝了一点威士忌，反复地说："我很抱歉，但是我也没有办法。"他非常的沮丧，躲闪着避开我的眼睛。我想英国的曾经于我而言已经是一场泛滥过的春梦，我已经原谅了他，带给我的幸运和不幸。在这一刻，我只想安慰他，我知道他已经尽了他的所有能力保护我，一个他完全没有必要帮助的女孩。

我走上前去，轻轻地抱住金先生，金先生愣了一下，突然反手把我推到墙上，凑过来吻我。我有些错愕，不知该如何反应，总归是应该报答他的，咬着嘴唇，并不做出任何反应。一切发生得太快，或者一切早已在意料之中。

我静静地躺在那里，盯着盘旋的天花板，不知道在这种时刻应该说什么，金先生也什么都不说。我有些想哭，我应该想到我们迟早会这样，可还是好难受。

金先生沉默地穿好衣服，在我的额头上吻了一下，说："好好睡，我们的问题，回北京再说。"

金先生说话算话，我并不是指我们确定了什么关系，而是他每个月开始固定地给我钱，远远地超出了曾经的2000块生活费，我痛快地收下了所有的钱，现在开始我便不用因任何事感激他了，我自由了。

我并不问他有没有一点点真正的发自内心地喜欢我，我也从来没有表达过任何对他的感情。我想我们都是在互相利用，他利用我和这些他需要融入其中的外国人打成一片，我利用他继续我在英国时的虚荣。

他从来不过问我的个人生活，大概他觉得用小脑也可以想出他是我乏味无聊生活中最精彩的那一部分。

他并不知道，我终于也爱上了什么人，也许我也可以拥有一段正常的健康的恋爱，我要离开他了。想到这爱情要让我失去金先生，我的眼角无比的幸福，也无比的苦涩，不管我们的感情怎样，终于走到了我不愿意看到的境地，金先生默默地替我承担了所有的风雨，这么多年，像一个父亲。现在，我必须得失去他了。

如何向金先生摊牌并没有令我苦恼太久，距离我和蓝斯顿最后一次会面过了整整二十天的时候，我突然意识到，金先生离开了。我没有去他的公司找过他，所以不知道他是不是依旧在那里，他只是明确地在我的世界里消失了。

我并没有发疯似的找他或者产生一些也许他出了意外或者被绑架了之类的推测，因为他消失的那一天，我的银行账户上多了139万，收款附言是：出国进修，自己保重。

看着银行发来的短信，我莫名的感到非常的失落，坐在校园的石凳上，无助地望着灰蒙蒙的天，139万，我有钱了。可是，139万，这是多么可笑的数字啊，大概是他从账户随意划个零头给我，我甚至可以想象金先生随意地说，和蓝斯顿的生意谈完了，你已经没有意义了，拿这些钱买几身衣服去吧，然后去勾引别人，不要在我面前晃了。

我沮丧地看着自己新做的法式指甲，知道左右逢源灯红酒绿的生活已经画上了句号，自己被毫不留情地踢出了那个圈子，我完了。眼眶边打转的眼泪还是停留在那里，不肯流下来，大概它觉得莫名其妙晋升到百万身家实在不是什么需要掉眼泪的事，除非曾经是千万身家。

我不会回到那个狭小的宿舍了，我需要像个名媛一样，花些钱，安抚一下自己不小心受伤的心。不管怎么说，一切都解决了，金先生不但没有等到让我和他摊牌然后气愤地把我赶走，反而像现在这样，什么事情都没有发生，而我呢，则拿了这么多钱。

只是我还是难受，好像被赶出了家门一般的难受，这个从我11岁就认识的男人，突然就消失了，和我不再有任何关系，这让我多多少少有些无法接受。

我想，大概我在他心目中，是太不值得一提的人，我甚至想就算我跟他摊牌，如果说我于他依旧有利用价值，他都不会有任何反应。

我并不理解自己的伤痛，正如我不懂我为何在告别金先生拥有自由过后，依旧无法接近自己以为的爱情。我做的事情，不过是等待，和从前并没有任何差别。等待那个我爱的人偶尔的电话，等待他夜晚湿润的眼睛，可是这一切纯粹得像寥落之人的惺惺相惜，这怜惜强烈得不像爱情。我并没有问过他为什么要和我在一起，进行这样一场发育畸形的恋爱，不知道他是否喜欢我，不知道他每天在做什么，我甚至不知道他的真名。有一天，他毫无征兆地，消失了。

我并不值得被给予爱情，所以我所能做的永远是等待，等到嘴角的微笑长了纹路，发霉的表白流出绿色的汁液。我无法安睡，怕他失落过后的夜晚突然想起我，我在地铁呼啸而过的车窗上看到他苍白而脆弱的脸，我在梦境中看到他哄我安睡。可是他早已消失，在我们相遇过的不知第几天，我们的故事戛然而止，我在很久很久以后才知道。

我们相遇的第二年十一个月二十八天，我一直记得那一天。北京很少下那么大的雪，城市沉默。晚上11点，三里屯依旧热闹，年轻的女子笑容暧昧，鱼一样地在灯红酒绿间穿梭，我从一家酒吧里走出来，头昏脑涨，冷风却吹得我无比清醒。大概是喝了太多酒，光着的小腿竟然没有感觉到任何寒意。

拦下一辆出租车，疲惫地说："师傅，建国门。"

车子开动，我翻了翻钱包，300多块，我把头伸向前去，对司机说："您在二环上绕圈开吧，表打到快300的时候把我放到建国门。"

司机简短地"嗯"了一声，没有任何问题。

我看着窗外，这个城市我爱了她这么久，我有些累了。不知开了多久，司机探过身来，问："停建国门哪儿？"

我摇摇快要炸开的脑袋，说："无所谓，你看哪里好停就把我放哪儿吧。"

下了建国门桥，司机停了下来。我递给他300块钱，说："不用找了。"司机依旧没有任何表示，绝尘而去。

风太干，眼泪流不出来。迎面走来一个鬼佬，盯着我笑，我看着他，走过去，亲了一下他的脸颊，歪着头笑着说："我有一个吻留了很久，太久了，现在我不想要了。"

鬼佬似乎没有料到这一出，皱皱眉，扶住我，说："你还好吗？"

我甩开他的手，大步走向前去，向后挥挥手，说："圣诞快乐。"

| 无爱之城

爱过的人，总是会在某一天突然地消失，留一片伤寒天空。我在某一天醒来，发现自己已经痊愈。

官山在质问我的第二天,又打来了电话。问是否可以和我一起吃晚饭。我答应了。

比起对他的不满和困惑,我更加相信自己的好运气。

我挑了一条普鲁士蓝包身无袖海龟领羊绒连衣裙,蹬上浅灰色的长筒袜和同色的反绒细跟踝靴,套上了橘色驼绒斗篷和黑色机车手套,半截胳膊明晃晃的裸露在空气中。

官山依旧是一套黑色条纹正装地坐在那里,似乎是刚从会场把他拉出来一样。

他看到我,站起来摆摆手,我脱下斗篷,交给侍者。刚一落座,官山就说:"原来真的有把北京当做巴黎的姑娘。"

我并不恼,笑笑说:"我想这是一句赞美。"

官山笑着点点头,说:"最高赞美。"

我问官山:"你认识汤普森?"

官山顿了顿,说:"我和他本人没有接触。"

我看着他那张写满了秘密的脸,有种直觉,深究下去对我并没有什么好处。便不再说话。

官山突然说:"我在吸烟室看到你的那一刻就知道你很特别。"

我不置可否地看着他,并不说话。

官山继续说:"那天找你出来谈话我是冒了很大风险的,也许你以后会有机会了解。"

我轻轻地搅了搅咖啡,轻轻地说:"官先生,这是表白吗?"

官山不说话,看了看窗外,过了一会儿,才悠悠地说:"可以算是吧。"

眼前的气氛实在是可笑,一个大概已经三十岁的男人居然告诉我他对我一见钟情,我演惯了狗血片,实在不适合这文艺温情的氛围。

我有些轻佻地笑了起来,伸出手轻轻地点了一下官山的鼻子,咬着嘴唇问:"所以现在要怎样呢官先生?"

官山并不说话,低下头吃东西,我也乐意陪他玩装聋作哑。

席间又是有一搭没一搭的对话,显得有些沉闷。吃完饭,官山沉默地送我回家。

到了家门口,官山说:"谢谢苏小姐赏光,今天很愉快。"

我用手指绞着头发,问:"上去喝一杯?"

官山完全没有意料到我会这样说,他有点错愕地看着我,然后说:"不必了。"

我笑笑说:"好,我上楼了。"

我推开大门又拧过头去,看着官山,笑着说:"人生得意须尽欢，莫使金樽空对月。"然后不等他反应，关上了大门。

回到家里，换下衣服，倒了一杯红葡萄酒，放洗澡水。有的女人热爱洗澡时唱歌，而我则喜欢思考人生。思考我接下来会有什么好运气。

官山的职位不会很高，他有每个花花公子对付女人的技巧，却十分缺少魄力。然而，他的裁缝实在是太过优秀，一张皮已经足够唬住半座山。

没什么历练的富二代，简直是女人们的上上选，因为缺少和自己所拥有的物质相匹配的人格魅力，女人们是不会真的爱上他们的。在一段男女关系中，当一个女人不是那么爱身旁的男人，她就已经赢了一多半。

来到书房，继续前两天没有完成的设计稿。圣马丁是一场持续一生的情人梦，永不完结，永不实现。我在很早以前已经接受在英国的一切早已结束，我的生活在北京，可这并不阻碍我继续意淫。

金先生的消失，让我警醒，不管我喝的是玛戈儿酒庄珍藏的佳酿还是超市里一百多块的香槟，我都是孤独一人，无依无靠。如果孤独还要配上平庸，那迎接我的只有接下来悲剧的一生。

店里每个月能给我带来几万块的收入，勉强可以维持我现在的生活。毕业前，我试图去面试了几家服装公司，想先从打版师做起。然而我似乎在找工作上并没有什么好的运气，设计师们总是在看了我的作品集成绩单后先虚伪地赞美一番我的才华，叫我回去静候佳音，然后什么也没有发生。

学校就业中心的工作人员也只是眼皮抬起来，望了我一眼，说："下次去面试时，穿得朴素点，不要化妆，主要突出自己的打版的能力，少提设计的事。"

我惊讶地说："我是要创造时装的，把自己弄得像第一次进城一样，如果这是服装行业的规则的话，我以后再也不要买衣服了。"

工作人员坐起身，喝了一口茶说："坦白说，你的成绩的确是不错，也很有才华。可是连我都知道你不受老师待见，你自己想想是为什么。这话本不该我说，可是你好歹也是我们学校的学生，你长得美有才华可是没背景，会死得比平庸的人更快。像你这样的姑娘，走上社会需要学的第一课就是如何合理地掩盖自己的光芒。"

我已经沦落到要听一个天天坐在办公室里喝茶逛淘宝很多年的人的废话了，眼前的一切太过滑稽。

也许她逛淘宝逛出了一点人生真谛，找工作的结局的确是没有设计师愿意收我，不论男女。

决定做自己的品牌，最初像是同这个社会斗气，只是一旦开了头便找不到回去的路，我在离咖啡店不远的地方又租了一个不大的门面，准备发布会结束就开业。

我了解女人，了解她们心底最深处的秘密，所以懂得该给她们穿什么样的衣服，让她的背影替她的眼睛说话。设计的大多是修身款，真正的美女会有优美的腰线。

早春系列在二十天后就要被搬上 T 型台，想到这一点，我看到了一片明亮而崭新的未来。不管设计师们是否惧怕别的设计师的才华，客户只会张开双臂拥抱这才华，因为我将为女士们呈现她们不曾遇到过的，更美的自己。

官山这些天和我断断续续地约会,虽然我不理解为什么。他不愿多谈自己,我也不想推翻他对于我大概是哪家不懂事的大小姐的推测。我们总是周而复始地谈论着在英国的生活,他很小的时候就被送去英国,研究生毕业才回来。在他的描述中,有一个坚强而孤独美丽的母亲,一个缺失的父亲,一个在童年被母亲完整地保护起来的孩子。有那么好几次,我都差一点点告诉他,我其实是一个孤儿,可是话到嘴边,又被一个微笑给咽了回去。

官山很懂得如何照顾女生,他总是挑选典雅安静又不至于冷清得让人有压力的餐厅,不会提一些可能会引起女生尴尬的问题。提前订座位,替女士买单,可是他从来没有在吃饭过后提出想再喝一杯。

十几天下来,我也熟悉了这种节奏,不再故意地挑逗他。我大概已经习惯了每个靠近的男人不过是想和我上床,所以忘却了正常恋爱的节奏。恋爱,不,我们没有恋爱,我们约会,我们谁也不会爱谁。

实际上，发布会的事已经把我忙得焦头烂额，甚至已经好几天没有去咖啡店了。作为一个没名没姓自己捧自己的新人来说，一切都是不容易的。出名一点的纸媒根本不愿意让你浪费他们的版面。就连本来都需要找内容填版面的小报小网的小记者，都可以面不改色心不跳地跟你狮子大开口要宣传费。

我相信自己的运气，并不觉得这些困难是什么真正的问题。好在时装周场地的负责人对我倒是格外照顾，大概是因为他们第一次办时装周的原因。他自然需要一些新鲜出位的系列来替他们多争取一些菲林，不过我的系列和出位一点关系也没有，是恰到好处的性感和从骨子里散发出的优雅。

做设计是个非常费钱的活儿，如果没有人支持你的话。为了那短短的不到半个小时的秀，我已经烧完了咖啡店一个季度的营业额，我必须得成功。

最后一场彩排在发布会的前一天，我把整个系列拉到了现场。模特们似乎也被自己的美丽迷住了，唧唧喳喳地讨论着，倒是和系列的优雅没有半点关系。

当音乐响起来，第一个模特走出来时，我觉得快要窒息了。昏黄的光在她的身上蒙上了一层浅浅的光晕，那美丽而不自知的姿态，仿佛在巴黎细雨蒙蒙的傍晚等待一个不确定会不会出现的情人。

这一切太过美好，有那么一个瞬间我产生了错觉，以为这是伦敦时装周，而我是圣马丁的高才生。虽然这只是一个全部是中国品牌没有一个国际一线品牌参加的刚出生的时装周。

　　第二天，天空飘着一点雪花，但愿瑞雪兆丰年。发布会快要开始时，会场助理气喘吁吁地跑过来说："苏姐，GP 的创意总监经过咱们会场，说想看您的秀。"

　　GP？那几乎算得上是全国最大的服装品牌了，对了，他们也参加了这次时装周，我之前在宣传册里看到过。

　　我对场助说："在第一排加一个座位，结束后介绍我们认识。"

　　开场音乐响起来的时候，紧张感突然烟消云散，我透过长长的布帘向外看，深深吸了一口气，这是我的舞台。五年前，我就期盼这一天，这一天现在终于开始了。

　　我知道自己的运气一向不差。该我上场了。走上那几级台阶时，我觉得自己快要飘起来了，音乐、掌声像是几公里以外模模糊糊的声音。站在台上，看着台下的一切，觉得是如此的不真实，好像在梦里，好像在云端。

　　结束后，助理跑过来，说："姐，祝贺你，太成功了，大家反应特别强烈，我现在带你去见 GP 的倪总监。"

　　倪总监是个三十多岁的男人，皮肤苍白，架着一副玳瑁壳的眼镜，穿着英伦的铅笔裤，更显得瘦弱。

　　他细细地打量了一下我，不知为什么，我的感觉并不是太好，但还是硬着头皮和他交谈了起来。他对我的系列大为赞赏，又问我之后的打算。我告诉他自己准备做自己的品牌，因为别的品牌没有人愿意要我。

他笑了笑，说："那一定是因为你没有遇见我，你愿意来GP工作吗，当然，带着你的系列。"

我想了想，笑着摇了摇头，说："可能我就是注定要孤独一生那种，还是自己做系列比较好。"

倪总监说："新锐设计师背后没有大品牌支持会走得很艰难，不过我很赏识你，祝你成功。"

我点点头，说："我知道会走得很慢，但是毕竟是自己的路。"

回家的时候正好接到官山的电话，我很惊讶他居然记得我发布会的事，我突然觉得没有邀请他有一点点的失礼。他说要不要出来吃个庆祝晚宴。我笑笑说："我现在只想好好泡个澡睡觉，明天我就要准备新店开业的事了，时装周一结束我的店就要开业。"

官山并不失望，说："那你这几天好好忙，忙过这几天我们再约。"

我愉快地答应了。

第二天一早，我打电话问助理，问："网媒那边怎么样？"

助理说："有三家报道了，不过是和别家一起报道的，放的也不是咱们发布会的照片。"

我有点发懵，说："联系他们了吗？有问怎么回事吗？"

助理说："我问了，她们有几个说忙，没回我，另外的说是等整个时装周结束后打包报道。"

我还是有点不放心，说："你看看他们报别人了吗？"

助理说："有的报了，不过苏姐您别生气，昨天说实话没什么重头戏，所以可能也的确没什么新闻可出。"

我有些激动，说："正因为都很无聊，所以才应该把重点放在咱们身上啊。"

小助理也有点慌了神，说："姐，你别担心，我帮你盯着他们点，争取能在结束时给咱们出个专题。"

我叹了一口气，说："也只能这样了。"

不知道为什么，我一整天都惴惴不安，总是觉得哪里有些不太对劲。我想大概是自己太紧张了，一切都很好。也许是因为我太看重这件事了，从首秀到盘店装修请人已经花了小二百万，积蓄已经花掉一半，我输不起。

好在店面虽然不是很大，但是还是装修得很有腔调，在三里屯这个地方，我相信一定是可以火起来的。

时装周结束的第二天一大早我就被助理的电话吵起来，她的声音噼里啪啦的像一串炮仗，我烦躁地问："什么事？"

"苏姐，你没看昨天晚上网媒的时装周回顾报告吗？"

我心里咯噔一下，说："我们没有争取到版面是吗？能再问问怎么回事吗？毕竟我们钱都给出去了，别让她们用'编辑不让上，我也没办法'这种理由把我们打发了。就算这次不行，一个月内给安排一个我的访问之类的也完全可以。"

电话那边沉默了一小会儿，口气似乎很为难，说："苏姐，我们被耍了。"

我故作洒脱地说："你也知道这些记者都没什么节操，下次我们长点心请一些博主帮忙推一推，他们相对来说没什么业绩压力，也不用那么处处看人眼色。"

小助理叹口气，说："姐，我们被 GP 耍了。"

我突然清醒了过来，跳下床去，拉过电脑，对着电话喊道："被 GP 耍了是什么意思？"

"GP 昨天发布会上有一个系列基本上和你的一样，你被抄了。"

我打开电脑,时装周回顾的大标题映入眼中,配的图就是我的系列,不,GP 的系列。

我一下瘫在沙发上,说:"这不可能的,这是个误会。那些记者肯定也有去看了我的秀的,她们肯定会报道的,她们肯定会说什么的。"

电话那边说:"姐,GP 的秀去的基本都是编辑,而且就算真的有重叠了,他们何苦得罪 GP?根本没有任何证据证明 GP 抄袭啊。"

我觉得心里好乱,什么也说不出来。喘了一口气说:"你辛苦了,访问看看能不能再帮我争取下。我先挂线了。"

小助理说:"姐,如果媒体和 GP 串通一气的话,我根本找不到有影响力的主流媒体愿意做这事啊,如果媒体不知实情,您准备拿着和 GP 相似度 90% 的系列去自取其辱吗?"

我不想再听她说一句,挂断了电话,再也忍不住,坐在地板上号啕大哭了起来。我不是一向运气很好的吗,我不懂为什么。

这些天,我几乎都没有怎么睡觉,每天都在修改系列,整个系列,都是我一个人一针一线缝出来的。这个系列是我五年来的梦啊,站在那个舞台上,那些掌声现在还在我耳边回响,而现在呢,被狠狠地摔下台去,这一切就像一个笑话,这个世界就是一个笑话。

我,一个在设计界还没出师的小人物能怎么办呢?再像从前求金先生让基金会把我送回英国一样去求倪先生吗？求他不要做这么龌龊的事吗？让我去告他吗？他的整个设计团队都可以作证这本来就是他们要发布的系列，而我，则会看上去像一个想要出名的跳梁小丑。就算有公正，我一进门就把行业的老大得罪了，接下来也定是麻烦不断。

这个世界的法则本来就是弱肉强食，我活了这么久只是靠我一贯的好运气而已。我为什么有的时候会忘记这一点。

一切都会好的，我对自己说，一切都会好的。就算他抄了我的设计，不代表我的店里没有客人，只是我可能要蛰伏一段时间再把新锐设计师这顶帽子戴到头上了。

我几乎是爬到洗手间，决定去洗把脸。毕竟今天是我新店开业的日子。

远远地就看到在店门口朝我挥手的小助理，走到她面前，看到她一脸的担心。

看到我走过去，她快步上前小跑几步，说："姐，今天请的记者将近一半都是上次那拨，估计很多是不会来了。"

我咬咬牙，说："没事，还能有多坏呢？"

小助理走进店里，说："姐，咱们基本都是上次的走秀款和走秀的延伸款，你有别的成衣吗？先拿来充充数。不然咱们这个广告打了还不如不打。"

我转过脸去，说："不用了，罐子都破了，还用怎么摔，把最后一场戏唱好吧。"

　　助理不再说什么,过了一会儿,又说:"姐,那个……这次的事帮完您我就回学校了,反正我也是说好在您这实习。"

　　我狠狠地看了她一眼,笑着说:"行,你回去忙毕业的事吧。"

　　到开业典礼开始的前 15 分钟,只稀稀拉拉的来了六个媒体的人,连原定人数的三分之一都不到。我大概因为已经心如死灰了,反而能够轻松应对了。

　　我出去检查了一下店的门面,一进来就听见坐席里两个记者在窃窃私语。

　　"GP 的发布会才开完一天,这边仿版就出来了,现在想做生意,这速度果然一定得跟得上。"

　　"这小姑娘什么来头,肯定是在之前看过图纸,会不会是原来 GP 的?"

　　"听说 GP 的创意总监的助理实习期满该转正被打发走了,是个刚毕业没多久的小姑娘,说不好就是她。"

　　"啧啧,这年头小助理不好惹啊,不过 GP 的创意总监好像就是这样,找个小丫头弄一年半载然后开了,而且经常是他自己找人,然后让 HR 走程序。"

　　"小丫头大学一毕业简历上就能写当过 GP 的创意总监助理,也算赚到了。"

　　"他这么换人工作交接多痛苦,不是自己给自己找麻烦呢吗?"

"你以为他助理真能深入工作啊？他这个人神着呢。"

……

我站在她们身后，有一点想哭，我想把这些人都赶出去，赶出我的店，赶出我的世界。可是我不能。

我脚步轻快地往台前走，经过那两个记者时，她们的谈话戛然而止。

我站在台上，这又是我的舞台，只不过这次我背水一战，已经无任何胜算。我努力用自己最大的风度介绍了自己、店、我的系列，我在某个瞬间，甚至惊异自己的冷静。

最后我说："谢谢各位的光临，一会儿大家可以去旁边的咖啡屋上东区，也是苏时装屋的姐妹店免费用午茶，为都市女性提供可以消费得起的精致、优雅的生活是我努力的目标，谢谢大家。"

我听到台下不多的媒体有一丝骚动，又听到前排的那个记者跟她旁边的记者说："估计又是富二代搞创业的，给她留点面子，搞不好以后真成什么气候。"

我假装什么也没有听到，笑了笑，对台下说："各位还有什么问题吗，如果没有的话，请大家移步去用午茶。"

这时一个记者缓缓地举起了手，我示意一下，她似乎有些犹豫地说："请问苏小姐之前有在 GP 的工作经历吗？我发现苏小姐的成衣除了为数不多的冬装，春装基本就是 GP 昨天秀场发布的延伸。"

我深深地吸了一口气，微笑着说："这位记者朋友您好，我十分理解你的困惑。实际上我看到昨天在时装周上的报道时也非常的吃惊。我个人并没有任何在 GP 的工作经历，所以和 GP 这种高水准的设计团队的设计理念出现重合，是非常偶然的事，甚至是好事。虽然我的系列在时装周第二天发布首秀的时候并没有得到过多的关注，但是 GP 的系列取得的巨大成功，是对我的设计间接的肯定。希望大家给苏这个年轻的品牌多一点的时间，让她有机会去完成一个品牌的沉淀。苏会一直努力给大家带来设计优秀精良剪裁和合理价格的女装，谢谢大家。"

我不知这些记者们买不买账，但是都还是出于礼貌给了我一点稀稀拉拉的掌声。

我这时又说："因为我的助理李小姐要回学校忙毕业的相关事宜，所以希望大家这次媒体相关后续的工作能够直接和我联系，最后感谢李小姐一直以来对我工作的帮助，祝她取得良好的毕业成绩，期待她明年夏天再次出现在设计这个大家庭里。"

我不等助理反应，便走下讲台，挨个和记者们交换联系方式。大家对于这种事看得稀松平常，没有一个人多问一句。

当把所有的记者都带到旁边的咖啡屋待了一会儿，我看他们似乎没有什么人有专访的兴趣，都开始吃茶聊天打电话约朋友，便回到苏去帮忙清理现场。

我看到小助理似乎犹豫了一下，朝我走来，说："姐，媒体那边你别担心了，我帮你吧，你这两天太辛苦，歇两天吧。"

我摇摇头，说："没关系的，不过如果你要去 GP 当倪总监的助理的话最好尽快，因为他一般一年肯定是会换助理的，你最好毕业前从他那儿离职，赚了简历也不耽误找工作。"

助理有些不相信地瞪大了眼睛，支支吾吾地说："姐，你都知道了？"

我面无表情地点了点头。

她又急忙说："姐，你的系列被抄袭的事真的和我没有关系。"

我勉强地笑了笑，说："我相信你。"

"他要我当助理完全是因为他助理正好离职了，我说我还在校，在您这儿也没有劳务合同的，他才问我要不要去 GP。"

我说："没关系，你在 GP 平台更大，思路更广，我为你高兴。"

我不知道自己怎么撑到晚上的，第一天倒是做了几单生意，不过我觉得自己有些心不在焉，这种被欺骗的感觉压得我有点喘不过气。

快到晚饭时间的时候，官山突然出现在苏的门口，我有些吃惊，但是不知为什么我看到他居然有些高兴。我向前走去，问："你怎么来了？"

他扯出一个巨大的灿烂笑容说："当然是来看你了，明星，这些天累坏了吧。"

我想起这些天的委屈，真想大哭一场，可是还是微笑着说："小事情。"

　　向店员交代了几句，我跟着官山上了车，他也不说去哪儿，只是开车。我虽然有些糊涂，但安心坐车，不再发问。官山七弯八绕，把车拐进了恭王府附近的一条小胡同里，又向前开了十几米，停了下来。我打个哈欠，抬眼一看，我们到了一个古色古香的院门口，大门和围墙少说也有五米高，比院口的围墙高出一个多人来。青砖朱门，很是气派。

　　官山拿出遥控器，大门旁边的一个门缓缓地开启，我这才发现旁边还有一个车库门，也难怪，车库门也被漆成了围墙的颜色，在这黑了半边的天色下，猛一看还真的发现不了。

　　官山的车技还是很不错的，在这么窄的胡同里，居然打了一把轮就把车开了进去。

　　进了院门，我深深吸了一口气，居然还藏着这种地方。原来金先生带我去过两家什刹海附近的私人会所，倒是无比别致，我以为传说中的京城私人会所也就不过那样，没有想到这里倒是别有洞天。

　　虽然已经走过了半个冬天，院子里还是有丝丝暖意。巨大的雕刻着狻猊的铜炉绕着围墙摆了一圈，炉火烧得正旺，隐隐的有些香气，想必柴火里有香木。

　　眼前是一个巨大的前院，铺着巨大的打磨得都有些滑脚的青色石板。往前走百余步，一个宽阔的中式门厅由几级阿富汗玉铺成的台阶和地面连接起来，台阶不过不到一米高，却被拉出了十余米。宽大的台阶中间是巨大的石雕，台阶两侧立着几个香炉，不过多是凤凰、仙鹤一类。拾级而上，两边扶栏上也雕刻着各种飞禽，十分典雅。前厅十分的宽阔，被设计成一间会客室，地板中央是一块玻璃板；底部做了一个灯池。我向下看去，居然是一个大洞，洞的四周贴着紫晶石，灯光打在上面，也许是因为冬天的原因，似乎有细细的紫烟升起来，十分巧妙。

绕过后面小叶紫檀的屏风，又到了另一番天地。跨过门槛，发现比前院地势要高出很多，不需要再下台阶，已经在平地上。向周围一看，发现这大概是被垒起来的，上面铺了青砖。四周低下去的地方是流水潺潺，池底也打着幽幽的灯光，一群群锦鲤悠然地游来游去。前方是个三层的中式建筑，映衬着一路的火光，依旧可以看出做工非常考究。两个面容姣好的穿着黑色金丝绒旗袍披着狐皮斗篷的服务员快步迎出来，带我们上了三楼，入口处是两块紫水晶石板，光从石板背部打过来，石板变成半透明一般，内部的纹理清晰可见。流水从石板上流下来，大约是热水，在底部激起一层层水雾。巨大的柱子上雕刻着蛟龙飞兽，被细细的上了色，用的大概是各类的石粉、贝壳做的颜料，有着柔和的光泽。抬头一看，穹顶上描着鎏金的祥云，和柱子相映成趣，倒像是那游龙飞凤要乘云而去。四面都是落地的窗子，望出去，隐隐约约可以看到远处的紫禁城。

地上铺着由几十条鹿皮拼成的地毯，我甚至都不忍直接穿鞋踩上去。整个一层楼，不过摆着一张桌子和两把椅子。穿着唐装的服务生替我们拉开椅子，我坐了上去。虽然隔着靴子，依旧可以感到动物皮毛的温暖柔软。

屋子的一角，立着一个巨大的珐琅孔雀香台，雀尾上镶着大大小小的水晶。细细一闻，大概烧的是沉香。

官山微微笑着，并不多言，沉香的味道实在好闻，我已经有些陶醉。

菜品大概也是预先点好的，官山知道前几次都是吃着京城各大酒店的名牌西餐，口味已经有点腻，不如来点中餐调调口味。

大概因为是冬天，凉菜是糖醋小排、糯米藕片和芥末秋耳，小小的三个碟子。

餐具十分的精致，盘子是一水半透的骨瓷，上面没有什么花纹，更显得温润；筷子是刻着花样的银筷，好看又防滑。我正想感叹两句，汤来了。

不过是简单的鸡汤，汤色很清，没有泡沫和浮油。不过味道确实十分好，想必是用砂锅小火煲够四个小时的。

官山说："这些天忙，暖暖胃。"

我笑笑看着他，说："这么体贴啊。"

官山不说话，只是看着我温柔地笑。

这时我听到有走动声，想必是主菜到了。上了葱爆海参，清炒老虎菜，豌豆河虾仁，这时服务生端了一个十寸见方的瓷盆，我正想说这是什么这么大，就看见端上桌的居然是一盆冒菜。

我又惊又喜，对官山说："这么文雅的地方居然请女孩子吃冒菜。"

官山无辜地摆摆手，说："你不吃啊，那我让他们端下去了。"

我赶忙说："吃，你怎么知道我能吃辣？"

官山笑笑说："我知道的事情多着呢。"

我看着眼前的菜，说："这么多菜，咱们两个人肯定吃不完。"

官山说："那就把主食一起上了，你不给它们留肚子它们可伤心了。"

我看着那盆冒菜觉得眼睛着了火，也不再客气，尽兴地吃了起来。过了十几分钟，服务员又端上来一笼小笼汤包和一小碟牛肉卷饼。

我觉得这顿饭吃得甚是爽快，虽然这地方冷清得有点肃杀，从进门到现在，就我们两个客人，不过饭菜倒是非常的可口，不像有的宫廷菜十分的做作，似乎一定要把做菜的工序无限复杂化才对得起那高贵的名声。今天的菜食材自然都是上好的，烹饪得也正正好，没有用力过猛的嫌疑。

我问官山："这里真的不错啊，师傅的水平对得起食材。"

官山说："那是，川菜师傅是从成都挖过来的，点心师傅是正宗鼎泰丰台湾店的师傅，还有一位是御膳房的后人啊。"

我眯了眯眼睛，歪着脑袋说："这一顿饭得耗先生多少银子啊，光今天晚上这一路走过来烧的香料都够我买一件 miu

miu了。"

官山凑过来,说:"千金难换你开心。"

我若有所思地看着他,他倒是对我动了些心思,即便他也不过和寻常男人一样是为了图个快活,不过好歹是费了心烧了钱,图色也比那些个图财又图色的好出许多。

这时一个服务员快步走了进来,在他耳边嘀嘀咕咕说了几句,我看到官山瞬间紧张了起来,眉头拧到了一起。他有些为难地看着我,不等他说话,就有一位西装革履的中年男子闯了进来。

用闯字形容可能有些不合适,因为他进来时没有任何人拦着他。

看到中年男子进来,官山赶忙起身,说:"爸爸。"

男子穿着一身合体的西装,倒不像是英国的剪裁,细看才发现头发已经有些花白,年龄应该五十有加。脸绷得紧紧的,不怒自威。

男子转过身对着我说:"不好意思,我恐怕需要借用他五分钟。"

官山低着头跟在中年男子的后面,拐了出去。

他们站在楼梯间里,中年男子对官山吼道:"你就是这样替你妈争口气的,带不知道从哪儿冒出来的女人来公司的会所烧钱?你怎么没空干点正事呢?我看你和你妈一样,一辈子不指望有什么出息。"

我以为官山会替母亲辩解几句，不过似乎他什么也没有说。空气凝固了一样，这位先生甚至不知道换个地方教训他儿子，无非是故意想给我难堪。

不过两分钟，我听到男子下楼去了，官山板着个脸走了进来。

他看了我一眼，问："你听到了？"

我笑笑说："没事的，你要不要追出去给你爸道个歉，我可以自己打车回去的。"

官山摇摇头，说："他今天晚上赶飞机的，肯定是有谁通风报信，故意给我难堪。"

我"噗"的一声笑了出来，原来在这儿吃顿饭还要这么小心翼翼偷偷摸摸。

我问官山："这一般不许来啊。"

官山顿顿说："这是公司会大客户的地方，一般的大客户来不过烧点柴火，从前厅到这儿的路上的水里也不会有鱼。因为现在是冬天，鱼很容易冻死，而开着底下的水循环会比较贵，而且今天我们烧的柴其实是紫檀。这么干我来公司一年多只出现过一次，那天晚上公司签了一张十四亿的订单。"

我倒吸一口气，果然这顿饭，最便宜的就是饭。我问："你爸是公司老板？"

官山点了点头。我有点气不过地说："感觉你妈受了不少委屈。"

官山愣了愣，半天没有说话。过了好一会儿，他抬起眼睛看着我，慢慢地说："我是私生子。"

我不知道该说什么。官山突然说："让我们离开这个鬼地方吧，我决定今天去你那儿喝两杯。"

我笑着看着他，抿了抿嘴唇，说："没问题。"

我带官山进了电梯，官山看着电梯的数字说："顶楼啊，不错啊。"

我笑着说："不是顶层复式，房子不大的。选顶层是因为我不想自己睡觉时听楼上的人叫床。"

官山一下笑了出来，说："好办法。"

打开房门，我有点犹豫地转过来，对他说："欢迎光临寒舍啊，官公子。"

官山拍拍我的肩说："官公子什么呀，分分钟得提心吊胆怕被人扫地出门。"

我把官山拉进屋，说："我们正好一对儿落魄，不挺好。"

官山说："一对儿我同意，落魄的话是你看落魄的我的笑话，大小姐。"

我不看官山，去吧台倒了两杯威士忌，说："告诉你，这几天其实我特别惨。"

官山接过我递过去的酒杯，说："比惨大赛现在开始。"

我把这些天发生的事情一五一十地说了一遍。官山说："这种事情不是你的错，已经过去了，只能说长个教训。"

我喝了一口酒,冷笑一声说:"我五年来都是为了那三十分钟去的,我把梦想看得太美好,以至于忘掉了残酷的现实。"

官山一把搂过我的肩,说:"我给你讲,我们这种人只能靠自己,爹都靠不住。你看你,你家人肯定不在北京,这种时候一点不管事。你要是圈里哪个腕的孩子,他一个小破总监敢这么搞?一助理都敢耍你,存心不给自己留后路,破记者还敢不乖乖给你报道?敢?"官山说得很激动,把酒杯重重地往桌上一放,说:"满上。"

我把官山往一边一推,说:"哥你喝二锅头呢?这点出息。"

官山看着我,说:"妹子,这个你是真的不懂了。影响力这玩意好多时候真管事,比钱好用。拿钱办事是你帮我办了你能得到什么,拿权办事是你不帮我办你得丢点什么,你说,哪个牛?"

我点点头,说:"有道理。"

官山继续说:"谁的天下听谁的话,别那么没眼色。今儿还能吃香喝辣,明儿就能让你吃不了兜着走。"

我沉默,不说什么。官山自己倒了半杯酒,冰也懒得加,一口就喝了下去。说:"人得搞清楚自己几斤几两,别觉得自己翅膀硬,搞清楚是谁赏你的鱼翅汤。"

我拍拍他的肩算是安慰,虽然知道一点用都没有。官山继续说:"我妈还怀着我的时候就被我爸送英国了,她生了我觉得自己拿着王牌了就闹,我爸那时只有一个未婚妻,别说孩子了。

我妈觉得自己胜券在握，我爸和她在一起的时候还是很宠着她的。结果我爷爷发了飙，说这是我爸搞出来的丑事，他对我妈的厌恶已经把我和他的那点血缘抹掉了。爷爷给我妈下了最后通牒，要再闹事，就自生自灭去吧。要想让自己和孩子以后好吃好喝就乖乖地闭着嘴巴在国外待着，不要回国。爷爷给我妈配了司机，可能监视她的作用更大一些。我听别人说，我妈订了半夜的飞机，晚上等司机走了，带着我跑回国去闯我爸的婚礼。结果在北京机场就被截住了，被我爷爷送回去了，听说，我爸和我爷爷都没有抱我一下。"

我心里不知怎么的，很不是滋味。我说："可能你妈不过是个漂亮的寻常女子，怎么能拼得过大家小姐。"

官山说："对，我妈如果不遇到我爸，这一生估计不会这么委屈。但是她为了我，都忍了。我能回国也是我爷爷临终前跟我爸说，不管他再怎么看不上我妈，好歹我没有什么错，想想自己还有个孙子在外受着人白眼，他心里十分的不安稳，叫我爸也提携提携我。"

我不说话，官山又给自己倒了一杯，说："听说要让我回来这事，我爸的太太开始闹。我爸才知道其实她知道我和我妈的存在，只是不说什么而已。我爸迫于压力，还把我留在国外。直到我研究生毕业，我妈听说我爸有那么大家业，又想想自己过得窝囊，带着我去找我爸，我不愿意去，她气得住了院。我和她赌气，不愿去看她。后来医院给我打电话，说她需要人照顾，我才勉强去看她。我看她躺在那里，已经一点也不美丽了，她不懂英文，整年整年地待在中国城里，像坐牢一样，不过没关系，时间熬着熬着，她就老了。"

官山越说越慢，我感觉他的声音有一点点哽咽："我一直恨我妈，气我妈，说她是贱骨头，跟了她我倒了霉。可是我想想，我除了她，还有谁呢？我妈命不好，有了我这辈子没法翻身，我还怪她。"

"我妈从医院出来以后，身体大不如以前了。她跟我说，她从前为自己争，现在想替我争，可是想想，命里注定的事争是没有用的。她也不争了，让我走自己的路吧，权当自己没有爹，她当妈的没保护好我，这些年让我受了不少白眼，她对不住我。"

官山深深地吸了一口气，说："我不孝顺啊，我妈那么要强的一个人，为了我，对我爸家低眉顺目。我上幼儿园以后，她为了多挣点钱，又出去打工，不会英文，只能在华人超市卖货。她当时的老板想和她好，她不愿意，就被辞了。这样的事反反复复出了好几次，她彻底看不到什么希望，就乖乖地待在家里了。"

"我妈死时我爸来了，是去卖房子的。我才知道，连我们娘俩住了二十几年的房子都是我爸的名字。我爸好歹还是替我妈安排了葬礼，我在葬礼上就对他说他对不住我妈一辈子，我没有他这个爹。后来他就把我带回来了，让我在他公司里做事。他的另外两个儿子，也就是我的弟弟，见瞒不住我是他儿子，到处去说我是私生子。公司的人表面对我还算和气，背后我就是公司娱乐版的常驻人物。"

官山苦笑了一下，说："你看我也不是什么公子哥，你失望了吧。"

我深深吸了一口气，说："我比你还糟，我是孤儿。"

官山干笑了两声，说："好吧，神秘小姐，你赢了。"

我想了想，告诉了他我小时候被基金会选中到抛弃的经过。不过我隐去了金先生的那一段，只说我后来又找到一个资助人供我上大学。

官山斜着眼看着我，说："你的资助人还资助你开店、租房？"

我不说话。官山拍拍我说："没关系，我们都是没得选的人。"

我抿着嘴，不知该答些什么。官山问："汤普森呢？他是不是你的赞助人？"

我看着他说："不是。"

官山笑笑说："你们平时会去哪里玩，欧洲？美国？"

我也不恼，说："我们没有一起去哪儿玩过，不过老汤普森对于欧美是没有什么兴趣的，他大概把小情人藏在了东南亚，总是去那里。"

官山不接话，靠过来，说："你做爱的话会不会吵到楼下？"

我撩了撩头发，似笑非笑地看着他。不过酒后乱性难度是非常大的，因为官山吐了。前半夜他都在疯狂的头痛和呕吐间挣扎，直到后半夜他终于沉沉地睡过去。

第二天一早，官山醒了过来，去厨房发现正在做早餐的我，故作轻松地说："爱心早餐啊，你行吗姑娘？"

我吐了一口气，无奈地说："麻烦我也是开咖啡屋的好吗，酒鬼先生。"

官山走过来，站到我面前，看着我，说："昨天不好意思，太失态了。"

我看着他，知道他并不是什么上乘的金龟婿反而一阵轻松。这个男人，居然为了讨我开心私用公司会所，被老爸臭骂了一顿。我脱口而出："你是不是喜欢我？"

官山笑了，阳光洒在他的睫毛上，我听到了它们懒懒的呼吸。他伸出手，在我鼻子上刮了一下，温柔地说："一直喜欢你呀，笨蛋。"

我突然有些恍惚，仿佛回到了三年前，有个男人也是有些怜惜地看着我，温柔地问："和我在一起你开不开心？"我无法相信，这样一个会把全部的脆弱安放在我手心的男人为什么会失踪了呢，像灰尘一样，起风时被吹得无影无踪。

我把自己的脑袋埋在官山的怀里，不同的心跳，不同的味道。我想我应该习惯，这是我能给自己想到的最好的结局。

官山是个很体贴的人，虽然不够成熟，虽然总是愤怒。可是他带给了我这一生唯一一次正常的恋爱。我想约他出来时会毫不犹豫地打给他，不像和金先生在一起时会想是不是合适，和前男友在一起时会赌着气等他打给我。

我们一同逛超市，一同做饭，我们争吵，我们做爱。我们仿佛是两个寻常人，谈一场寻常的恋爱。这个恋爱健康正常得让我一时甚至无法接受。

我们在一起一个月时，官山带我去吃庆祝晚餐，在三亚。我在飞机上时他说要我陪他去三亚出差，从酒店出来，他说去沙滩上走一走，我看到远处沙滩上的两把火炬和一张铺着雪白桌布的餐桌立刻明白了是怎么回事。

我低着头，抿着嘴唇偷偷地笑。官山领着我到桌前，拉开一边的椅子，说："我迷人的女士，请您入座。"官山自己也在另一头坐下来。一个打着黑色领结的侍酒师为我们倒了半杯白葡萄酒。我尝了一口，典型的波尔多长相思。一个侍者提着面包篮让我们挑选，我看到居然有德式黑面包，很是惊奇，夹了一个，可惜的是，黄油球大约是刚刚解冻，口感不够顺滑。吃过了头盘，侍者端上来一个四层的海鲜塔。从底部往上依次放着帝王蟹腿、海虹、生蚝和虎皮虾。另一个侍者替我们摆好了洗手水、小钳子、手套、柠檬和骨碟。我看着眼前新鲜得像是从海里刚刚捞上来的海鲜和对面这个有些孩子气的男人，不禁笑出了声。微微的海风带着一点海水的咸味轻抚着我的头发。太阳烧了一天的云，缓缓地滑向海平面。官山笑笑说："我们正好赶上落日。"

我举起酒杯，说："为我们敬一杯。"

官山举杯说："敬赫尔辛基，我们相遇的地方。"

我问官山："你那次去赫尔辛基做什么？"官山说："有点生

意有些棘手。"

我低着头不说话，官山伸出手来摸摸我的脸颊，说："想什么呢？今天不谈公事。"

我轻轻叹了口气，说："怎么对我这么用心？"

官山笑笑说："还好吧，一般水平。"

我扑哧地笑出来，专心地享用美味。

快吃完时，官山说："你想下海吗？"

我说："现在出海，天快黑啦。"

官山说："想不想？"

我咬着嘴唇点了点头。官山给服务生小声说了两句，不一会儿，一辆沙滩摩托向我们驶来，官山伸出手，说："请。"

我笑着摇了摇头，这个官山。摩托开了不到十分钟就到了一个小型的码头。一个小型的游艇停在那里，我们上了游艇，官山变戏法似的拿出一条羊绒披肩递给我，说："海上冷，披上吧。"自己又穿上一件风衣。

游艇开动了，不知从哪里走出来两个穿着燕尾服的提琴手，走到甲板的一侧替我们演奏。官山和我坐在甲板上，看着升起来的群星。我想起小时候看的《狮子王》，木法沙对辛巴说天上的每一颗星星都是一个伟人，他们并没有离去，他们在远远地看着你。躺下来，黑夜是一袭微凉的被子，裹着星光把我包围。自己经历的那一切都在离我远去，远过了这些星星互相的距离，我终于收获了平静。官山也躺下来，对我说："我们来找星座怎么样，看谁找得多。"

我眼睛一转，指着天空一个几乎连在一起明亮的三星，说："猎户的腰带。"又沿着三颗星东南角望过去，找到一颗亮星，说："天狼星。"

官山无奈地摇摇头，说："你把好找的一口气都说完了，不好玩。"

我笑了笑，不再说话，安静地看着天空。不知什么时候，提琴手开始演奏西贝柳斯的《D小调小提琴协奏曲》，夜空哀婉得像一首流着泪的诗。

官山似乎不太喜欢这个音乐，站起身来，朝两个提琴手走过去，说："请您演奏《帕格尼尼狂想曲》可好，我想让女士开心一些。"

提琴手似乎已经习惯了被打断，冲官山歉意地一笑，说："没问题，先生。"

官山对一旁站着的侍者说："女士想用甜点。"然后回到我这里。

侍者不一会儿就推上来一个小型的泡芙塔，替我们拿来一瓶香槟，退了下去。官山拿起塔顶的泡芙，说："女士猜猜这是什么味道的？"

我说："官山味道的。"

官山掰开泡芙，鲜奶油沾了他一手，看着我，疑惑地说："奇怪，这里不是应该有条钻石项链吗？"然后两口解决了泡芙。

我看着他的样子，笑了出来，说："你真傻。"

官山又用他宠溺的眼神看着我，从风衣口袋里掏出一个浅蓝色的小盒子，恍然大悟地说："哦，原来钻石在这里。"

他打开盒子，是一条镶钻的钥匙项链。官山替我戴上，说："Tiffiny 送给把上东区开到三里屯的年轻小姐。"

我转过身，看着他，他的唇角还留着泡芙的奶油，夜空在他的头顶缓缓地盘旋，我轻轻地抱着他的头，吻了上去，说："我就说是官山味道的。"

官山伸手又拿了一个泡芙，挤出奶油抹在我的脖子上，温热的吻落在上面，说："苏小姐味道真好。"然后慢慢地拉开了我的披肩。

虽然这一切看上去太美好，但是我冻得打了个喷嚏，誓死捍卫自己裹着披肩的权利。

官先生笑笑，冲船舱里喊了一声："我们回去了。"

回到酒店里，空调开得暖暖的，满地都是玫瑰花瓣。我迫不及待地冲向浴室，果然洗澡水已经放好了，连泡泡都已经打好了。我脱了衣服，跳进浴缸，暖流瞬间淹没了我全身，在水里深深地伸了一个懒腰，感觉舒服极了。官山走进来，看我享受的样子，说："你像只小猫似的。"我伸出双手，像猫爪一样向前比划了两下，逗得官山不停地笑。

官山也走进浴缸，轻轻地环着我，在我耳边问："开不开心？"我转过身去，说："官先生要不要开心一下？"

我极尽所能地挑逗着官山,这个残缺了父爱,一直没有长大的孩子。我是如此的感激他,甚至有一点爱他。可是这点爱对于做爱是十分不利的,因为太过柔情,太过小心翼翼。

我是有些怕失去他的,官山在想办法把我变成一个寻常的女孩,会哭会笑。这也是我希望的,我害怕某个清晨醒来,他已经消失不见,带走了所有他带来的阳光,让我的世界比我记忆中还要黑暗。

第二天我们就打道回府,我在飞机上把头靠在他的肩上,说:"谢谢。"官山轻轻叹了一口气,抚摸着我的头发,什么也没有说。

我回北京的第一件事就是去店里看看，咖啡屋一切都好，老客人新客人熙熙攘攘。苏的生意并没有那么好做，因为 GP 的春装已经上市，价格只有我的三分之二。当然，他们有流水线，他们不需要那么讲究布料，他们只是高街品牌做出来的 OL 系列。下午的时候，一个穿着精致的女生来到店里，对店员说要找我。店员把我从旁边咖啡屋叫来，我看着她，不知道她有什么事。

她有些暧昧地看着我，说："苏小姐我是 W 公司的 HR，我们公司想为每个女员工准备 2000 元的服装券，作为年底福利之一。我听说您这儿很不错，所以来找你。"

我赶忙请她坐下。问："我可以做代金券的，不知道您一共要多少份。"

"我们有 49 个女员工。"

我说："我可以做一些代金券给您，当然 9 折的价格，发票按全价开。如果用代金券来买的时候店里有什么活动都可以参加。"

HR 想了想，说："可以，你把代金券、发票和银行信息一起帮我邮寄到公司,收到了以后给你打钱。"

我忙说:"没有问题,您介不介意留一个您的私人户头,把差价补给您也许更方便些。"

HR微微一愣,强掩住自己的笑意,说:"好的。"话音刚落,她就站起来走了出去,似乎一分钟都不想久留。

我有些疑惑,转头问店员:"她看衣服了吗?"

店员说:"没有,她一来就说要找你。"

我突然明白了,一定是官山搞的鬼,可是留的公司名字也不是他在的公司,好生奇怪。

官山晚一点的时候打来电话,说:"宝贝,陪我参加一个晚宴好不好?"

我义不容辞地答应,这种热闹场面,自然是我的心头好。到了会场,才发现原来是金融界的一个聚会。官山把我拉到一旁,有些兴奋地对我说:"我爸把我分到集团旗下的资产管理公司做总经理了。"

官山原来一直在集团总部的市场部做副总监,这个跨度实在太大,不知道他爸爸是怎么想的。

官山又说:"宝贝,你一定得帮我。"

我说:"我怎么帮你,我对金融一窍不通。"

官山说:"我好不容易才争取到这个职位,虽然说公司的管理规模不大,都是集团的钱,但是这也是我爸对我的一份信任。我想让你到我公司去。"

我一把甩开他的手,说:"你疯了吧,官先生,且不论我有没有时间,我干吗要去资产管理公司啊,我是一个做衣服的。"

官山按住我的肩膀,说:"宝贝你听我说,我谁也不信,我只信你。你不懂没关系,我只需要公司里有帮我说话的人。"

我看着官山,说:"这个对你真的很重要吗?"

官山点了点头。我说:"我再想想吧。"

我僵着脸和官山走进了会场,几十个西装革履的男子互相交换着名片,我是其中为数不多的女生。

官山和我入了座,作为桌上唯一的女生,我已经改头换面变成了官山手下的名牌交易员。有几个男士对我颇有兴趣,其中一个说:"苏小姐做什么股票呀,怎么不去拍电影?"

官山说:"苏小姐业余还是一个服装设计师,特别大卖。"大家纷纷发出做作的惊叹的声音。

一个男人说:"苏小姐怎么想做这行的?"

我只好说:"大学学的这个专业。"

另外一个问:"苏小姐这么年轻就这么有为,厉害啊。"

我笑笑说:"女孩子过了二十岁哪敢说自己年轻啊?"

大家都笑了,可见我向他们正确地传达了我还很年轻这一概念。过了一会儿,一个男人看到大家都在各自说笑,便向我凑了凑,低声说:"苏小姐,周四下午我们几个券商的经理聚会,不如苏小姐一起去?"

我正犹豫着不知道怎么回答,官山就小声嘀咕说:"这什么意思，我在你们面前晃悠这么久都没打入内部，美女一出手就乖乖地把老鼠会的邀请函塞手里了。"

男人尴尬地笑了一下，说："几个人一起交流交流看法，什么老鼠会。"

官山说："可别把我们苏小姐带坏了，人家正宗留英回来的，不搞野路子。"

我在一旁看着官山，只好勉强地答应下来。

男子又把头扭向我，说："不知道苏总主要研究哪一块？"

我连他的问题都搞不懂，更不知道该怎么回答了。

官山忙说："苏总主要统筹，行业分析师向苏总报告。因为我们全部是集团的自有资金，所以在行业份额上比较灵活。"

我虽然听得一头雾水，但依旧摆出迷人的笑容，说："您的研究方向呢？"

男人说："地产，官总，您有这样的美女部下让我们好生羡慕啊。"

官山笑着说："苏总要是只是长得美，我也是绝对不会收她的，的确有两把刷子。"

我急忙说："小聪明罢了。"

男子想了想，说："苏总不知道最近留意德福没有？"

"德芙？"我一脸茫然地看着官山。

男子又压低了声音说："苏总关注一下吧。周四我们大家交流一下意见。"

我硬着头皮若有所思地点了点头。

回去的路上，官山非常的激动，一遍遍说我是老天赐来帮他的，恳求我去他那里上班。官山说："不坐班都行，给你独立办公室，你在那儿挂职。五险一金都帮你上了。"

不好太扫他的兴，勉强点了点头。

我问官山："刚才那个男的问我怎么看德芙是什么意思？"

官山说："一只股票。你下周去参加聚会，我给你买个隐形耳机吧，你戴着，别弄出笑话。"

我听了这话，心里很不是滋味，有些生气地说："你凭什么要求我去那个脑残聚会，我根本对什么股票没有兴趣。"

官山不说话，沉默着，一直到把我送回家。他突然说："你就是不愿意帮我是不是？"

我看着他的那张脸，觉得我无法忍受再和他多说一句话，打开车门，决绝而去。刚走了两步，就听到了汽车启动的声音。我皱了皱眉头，有些迟疑，但还是推开了大门。

回到家里，想到刚才发生的一切，觉得无比的荒唐。我躺在浴缸里，随手拿了一本小说，翻了两页，脑子里乱七八糟的，难道我就算进了金融圈？那个传说中需要高配置大脑的高端圈子？我从浴缸里跳出来，打开电脑，输了"地产德芙"。搜索引擎跳出来"地产德福"，我重新输入了一遍，找到了德福地产的股吧，研究了半天，基本就是吐槽的和叫好的两大派，完全看不出所以然。放下电脑，觉得还是好好睡一觉吧。官山什么的，以后再说吧。

第二天醒来，刷牙的时候，我看着镜子中的自己，脑海中又跳出德福地产几个字。鬼使神差，我找到很久以前用过的股票软件，打开发现里面居然还有几百股股票，一定是金先生替我留的，曾经金先生说要教我理财，结果就变成了他替我理财，连软件都是他替我下载的。我研究了好半天，才搞清楚怎么操作。咬了咬牙，把自己银行里一百多万存款全部都转进来，输入德福地产的编号，犹豫了一下，全部买入。按完那个键后，"啪"的一下合上了电脑。心脏跳到了嗓子眼，无法呼吸。

我也在这个屋子里一秒钟待不下去了，最后瞄了一眼电脑，换了衣服拎起包冲出了家门。

苏没什么生意，上东区依旧是人来人往，我惴惴不安地坐在那里，好几次都想跑回家。店员看我心不在焉，也不打扰我，任由我坐在那里发呆。

好不容易熬到了吃晚饭的时间，我把手机调回震动，一早的静音调的完全没有意义，官山比我的手机还要安静。我顾不上悲风伤月，叫了一辆出租车就往家跑。快到家时，上东区的店长来了电话，我以为出了什么事，接了才知道原来嘱咐厨房替我烤的蛋糕出炉了，我却不见了踪影。我心里惦记着电脑上的数字，说请大家吃了就草草收了线。

回到家里，我连衣服都没有换就直奔电脑。进入系统，我愣住了，又刷新了一遍，生怕是出了什么差错，屏幕没有任何变化。

刷新完毕后,我在一片红色面前惊呆了。这只股票居然涨停了。我盯着电脑看了一会儿,突然意识到仅仅是因为我早上不到十秒钟的一个操作替自己挣了十几万。

我深深地吸了一口气,眼前又浮现出了昨天那个男人的脸,太神了。官山想打入内部果然还是很有道理。我从手包里翻出那个男人的名片,ED基金的基金经理,我上网百度了一下,两届新财富都榜上有名,似乎是基金业的新星。

股票第二天走得没有那么强劲,但是在大盘跌了1%的情况下也涨了5.7%,我坐在电脑前一整天,点了无数次的卖出,撤单,收盘时我平静地看着账户里又多出的几万块钱,才想起今天没有去店里。想想一天不去也不会怎样,决定请自己吃顿大餐。

一路去了TRB,没有预定居然还有位置。可惜我的好运气并没有那么值得庆祝,饭菜不知怎么回事变得无比一般,我对甜点毫无期待,离开了餐厅。

夜风刮在脸上像是下刀子,皮肤绷得紧紧的。官山大概是失踪了吧,48小时没有音信已经可以报警了。我苦笑一下,居然会因为一个男人两天没有理我而心烦,我大约也不是我了。

第二天一早,我实在顶不住煎熬,把股票全部卖了,精神抖擞地去店里。

一进店门,就看到官山捧着一大束粉牡丹站在那里。店员笑眯眯地看着我，欲言又止的样子。

官山看着我，笑了笑，说："会不会嫌我俗？"

我低着头，绞着手指不说话。官山走过来，一把把我揽到怀里，对店员说："带你们老板去吃饭，她自己一个人时顿顿早餐都是酸奶。"

店员噗地笑出声来，说："没问题，老板和老板公放心。"

我脸上画了无数条黑线，刚想抗议，就被官山拉了出去。

不得不承认，在料理方面，黑暗料理国引以为豪的英式早餐也实在是无法和我大中华的早茶相媲美。我吃得完全忘记了要做个淑女的那一套，官山微笑着看着我，不紧不慢地吃着，什么也没有提。

外边太阳不大，阳光有气无力地穿过几层雾霾，软绵绵地瘫在了落地窗上，我抬起头，问："隐形耳机买了吗？"

官山愣了一下，接着又惊喜地说："你同意了？"

我点点头，官山有些为难地对我说："你介意我找个老师先给你普及一下行业基础知识吗？"

我微笑地点了点头，官山出去打了一个电话。回来问我，在哪里上课比较方便，我说："不如就在上东区吧。"

下午的时候，我正在店里百无聊赖地玩手机，一个西装革履的男人跟着官山走进了店里。我皱了皱眉头，这个人倒是十分眼熟，突然想起来了，这不就是机场的冷脸男吗？官山走上前来，说："薇若妮卡，这是陆岳，今天他来给你简单讲讲。"

我看着陆岳，心里一千万个不愿意，他皱了皱眉头，似乎等着我先开口。

我叹了口气，伸出手去，勉强地说："我就不自我介绍了，想必你还记得我们两个见过。"

陆岳困惑地皱皱眉头说："不好意思，我们在哪儿见的？"

我真想翻一个白眼扔到他身上去，说："先生，赫尔辛基机场啊，不好意思，路人脸不好记。"

陆岳盯着我看了一会儿，突然恍然大悟地说："对对对，想起来了，今天你没怎么化妆。"

我看着他，什么都不想说了。官山在一旁早已憋不住笑，拍拍陆岳说："你会不会说话啊？是我的错，时间急没给你讲清楚。怎么，你们开始吧，我晚上准时来接人啊。"

陆岳拉开椅子坐下，我只得跟着坐了下来。他说："首先你要搞清楚你公司的性质。资产管理公司通俗点讲就是代客理财，不过你们公司还没开展这项业务，但是你一定要强调你们有着很广泛的客户资源，估计在明年就会开展这项业务，申请牌照把自营业务分割出去。"

我看着他，问："你是做什么的？"

陆岳似乎有点不满，说："我是集团公司的，官山的老同事。"

我略带嘲讽地笑了一下，说："那你不是搞金融的啊。"

陆岳并没有意识到我在讽刺他，说："我原来在花旗银行的投行部做过两年，的确不是专业做二级市场的。"

我转着笔,有些无可奈何,可能有的人天生属于不懂风情型。只好任凭陆岳讲下去,虽然听得稀里糊涂,但是还是做了一个好学生,把精髓写在了纸上。

首先要把公司资金规模往大了说,不然别人会忽略你;其次谈话有任何听不懂的不要直接问那是什么,而是要么装懂,要么反问;另外如果别人问你的看法,要么说没有关注,要么说对于它的走势表示困惑,如果大多数人已经给出了意见,就顺从大家的说法,不要标新立异,因为你根本不清楚自己在说什么。然后如果说自己对市场的看法,就说日前叫停融资类交易互换,市场必然会震荡盘整,但对长期是利好,所以会伺机而入;最后如果非要说几支个股,就说最近姐妹集团传出风来有一些并购的动作,正在关注,具体的私下聊。

我拿着这张纸反反复复看了好几遍,最后像小学生背课文一样把它背了下来。

可是一直等到周四上午,金牌基金经理也没有跟我提聚会的事,我想大概这次的打入计划是没戏了,倒是平白的因此生出了一些事。

下午的时候,有一个陌生的电话打了我手机,我接起来,居然是那个基金经理。他问我晚上是否还有空,我急忙表示有时间,他说方不方便我记一下聚会地址,我抓来一支笔把地址记了下来。果然不是什么酒店餐厅,看地址像一个私人会所。挂了电话,莫名其妙心跳加速,急忙把这件事告诉了官山。官山似乎一点也不紧张，说："你记得晚上穿得职业一点，不然的话一出场就露馅了，我现在走不开。你明天一早就到公司任职吧，所有手续我都已经帮你走完了。"

我深深地吸了一口气，觉得迟早会败露，最好的办法大概就是让他们看着我的时候忘记了问的问题。

我跑回家去，选了一条黑色的小礼服，礼服的上半身的弹性面料把身体包裹得仿佛没有穿衣服，到膝盖的裙长很无聊，好在一条大开叉打破了无趣；脖子以下近十五公分的蝉翼一般薄的睫毛蕾丝，安静地等待一条事业线躺在里面。

La perla 的文艺显然不适合这种场合，虽丑但是很管用的波力挺此刻就成了我的好朋友，我又用高光粉和阴影粉硬是画出了一个 E 罩杯的视觉效果。

当黑色小礼服、只要一走动就会露出一点蕾丝和吊袜带的长筒袜、鲜嫩得挤得出水的皮肤配着红唇和大波浪一起出现在我的身上时，我知道我只差一双 So Kate 黑色反绒红底鞋就可以成为焦点。

我出现时，金牌经理不在。全场安静了几秒钟，我看到有两个年纪稍轻的男人皱起了眉头，他们用有些戒备的眼神打量着我，目光免费给我做了好几遍核磁共振。等他们确定我从骨子到皮相都没什么大问题了，才勉强地请我入了座，金牌基金经理正好进来，赶忙替我介绍了一番。大家拿到了官山临时帮我印的名片时，似乎才安了心。果然像陆岳所说，闲聊式的查户口开始了，我的学历、工作经历、公司背景、资金规模这些常规问题他们才花了不到两分钟就已经弄得比我自己都清楚了，我只好在心里把自己的背景又反反复复背了几遍。之后并没有太多人问我什么问题，大概是觉得也不指望我说出什么来。这时一个年轻些的男人突然问："你是伦敦政经毕业的？"

我点了点头，他又问："政经哪个系的？我也是政经的。"

我说："经济。"

"哪届的？"

"14届。"

一个男人笑了笑插嘴道："姑娘这么年轻，就直接做高管了。"

我不搭话，年轻些的男人直直地看着我，缓缓地说："我给12—14届经济当一门必修的助教，从来没有见过你。"

我脑子嗡的一下炸开了，第一反应居然是告诉他我整容了，然后说一个去政经的高中同学的名字。我大脑把所有同学的脸扫描了两遍后，这个计划以失败告终。

一桌人的目光快要把我燃起来。我深深地吸了一口气，哭了出来。

年轻男人看我哭了，有些烦躁，郁闷地说："你哭什么呀。"

我把头转向金牌基金经理，泪眼汪汪地说："其实我是直接被H集团公司老板安排在官总集团的，官董把我直接放到官山总公司这个位置上的，官山总什么都不知道，你不要告诉他，我才刚入职一周，就捅这么大娄子，我还没毕业呢。"

一桌人听完这番话都傻了眼，金牌基金经理望着我梨花带雨的样子，只好说："没事没事，我不告诉他。"又指着那个年轻些的男人说："小金，你说你干吗，硬是把姑娘弄哭了吧。"

年轻男人有些不满地咕嘟了两声。大家似乎也无意继续聊股票，一个男人问："姑娘你怎么没毕业就当起高管了？"

我转向他，咬牙切齿地说："我看上一个新出颜色的鳄鱼皮爱马仕 BIRKIN 让他给我买，他硬说已经给我买过鳄鱼皮的了不给买。我不高兴了，他还说他最近要买公司没那么多闲钱，你说五十几万碍着买公司的事了？他就是不想买，我又提这事，他就说让我自己出来赚赚钱看看五十万好不好挣，我一赌气就来了。"说完我似乎又想起来伤心事，抽泣了起来。

男人赶紧给我递了张纸巾，说："小姑娘也不容易，年纪轻轻的。"

一桌人竟然也附和起来，整个聚会，没有一个人再提一句股票的事，都开始讨论北漂一族是何等的艰辛。

晚上回家，官山打来电话问我怎么样，我轻描淡写地说："挺好的。"官山又问："有什么股没？"我说："绝对妖股，腾飞中大。"

官山和我闲聊了几句，压了电话，过了一个多小时又打来，对我说："你明天早点到公司，亲自下指令。"

我早晨起来，拎着自己的电脑进了办公室，官山跑过来，说："下次别带私人电脑来了。"我点了点头，打开系统，下了腾飞中大的买入指令后给前台下了全部买入腾飞中大的指令。刚下完指令,一个交易员就跑过来,说:"这个指令太扯了,没经过风控。"我看着他说:"你想拿奖金就别给我扯这些。"交易员站在那里不动,这时另一个交易员喊道:"风控批过了。"他站在那里看着我摇了摇头,扭身跑向了交易室。

我这时拿出手机,几乎所有昨天参加聚会的基金经理们都给我发了各种问候语,我开始不紧不慢地一一回了起来。问我在干吗,我统一回答在家看美剧,下班前去单位转一圈就好。终于几乎所有人聊到最后,都问:"什么公司那么费钱,把你的包钱都用了?""特别搞笑的名字,叫腾飞中什么,腾飞中,怎么不叫火箭腿啊。"到了下午开盘之前,基本上所有人都得知了H集团要收购腾飞中大的消息。

下午收盘以后,早晨质问我的交易员专门跑来给我道歉。带着专门去楼下蛋糕房买的果仁手工酸奶。官山跑来说晚上请我吃饭,我摆摆手,说:"今天有些累,改日吧。"

外边天色还很早,我居然也无心去吃饭,便去店里瞧了一眼。苏的生意最近好了些,有不少明艳的女子拿着代金券去挑衣服,结果又自己出钱买了不少。W公司大概是一个不怎么缺钱的公司,我的衣服比GP卖的要贵,虽然用料好很多。

我坐在店里,又望了一眼自己股票交易系统里的数字,才几天的工夫,我已经能够熟练使用手机软件了。数字恍恍惚惚的如此不真实,我怕下一秒一切就变成了假的。

店员跑来问："苏姐，好多人问有没有新的礼服 Collection，她们都很喜欢，想要稍稍隆重性感点的穿去参加尾牙。"

我没有缓过神，木木地问："什么？"

店员皱了皱眉头，有些担心地说："苏姐，你怎么了？这几天你有点闷闷不乐的。"

我回过神，看着她，说："没有。"

店员又说："姐，你别太辛苦了，一个人打理两家店还要画设计图。"

我微微笑笑，看着她，说："谢谢，我没事的。你觉得上东区的蛋糕怎么样？"

店员点点头，说："挺好吃的，尤其是重奶酪那款。上东区东西都挺好吃的。"

我看着她，笑一笑，说："你一个人看店辛苦了，等下个系列出来，替你再找一个帮手。"

店员说："大家都很期待苏姐的新设计。"

我不再说话，望着店外来来往往衣着光鲜的人，有些迷惑。仅仅几天，我似乎已经把从前为之努力了很久的事忘得一干二净。我是那个面色冷淡的设计师苏，还是那个穿着西服裙目标精准的苏总，我自己也有些困惑了。

又一次打开交易软件，看了一眼上面的七位数字，我不清楚第二天醒来这个数字会再次变成多少，因为这个不确定，我今天晚上都无法好好地入眠。

北京的冬天难得有好天气,打开窗子,看着低低的白云。我卖掉了所有的股票,关上了系统。正在吃早餐,官山打来了电话,他显然对于我入职第二天就不去上班有所不满。我平静地告诉他,觉得自己不能再做下去了。官山大概失望透顶,也懒得理会我的反反复复,什么都没有说,挂上了电话。

官山这次彻底地沉默了,沉默到我再一次见他居然是被证监会问话。

我像一个傻瓜一样他们问什么便说什么,根本没有意识到自己的行为居然是违法的。官山在一旁一言不发,他唯一说的一句话是:"苏小姐给公司下的所有指令都是个人行为,公司对于她的决策过程没有任何参与。"

我呆呆地看着官山,这个人我似乎从来也不认识。后来证监会的人说什么我已经不记得了,世界沉沉地压了下来,气压低得让我昏昏欲睡。

女人是世上最愚蠢的生物,因为她们即便论证了几百次,那要命的骄傲也会让她们觉得这世上依旧会有什么人毫无理由地爱上她们。

我以为证监会的人会给我戴副手铐像电视上演的那样在众目睽睽之下把我带走。然而他们只是说他们已经了解情况了，这两天有可能叫我去会里约谈，所以不要离开北京，保持电话畅通。

会议室里终于只剩下我和官山两个人，我微笑着看着他。可是他似乎并不愿意多看我一眼，他在那里坐了一会儿，冷笑了一下，说："你真行啊，我们公司现在成了个笑话。"我皱着眉看着他，眉头松了，人也笑了出来："原来你最想跟我说的是这个。"

官山深深吸了一口气，说："拜你所赐我在我爸那儿这辈子都抬不起头了。"

我站起来，走到他面前，轻轻地说："你在我面前也是抬不起头的，我看在从前的份儿上，不会牵扯你，你放心好了。"替他掸了掸肩上的灰尘，走出了会议室，他的西装料子真好。

打车去了上东区，这个店里没有几个人，店员们见我来，吵吵闹闹地涌过来，要我尝她们新研究的开心果虎皮树根蛋糕。

自己还是幸运的，能有人开开心心地替我烤蛋糕吃。好口福才是真的福气。

接通陆岳的电话时我非常疑惑，不知道他又要给我的生活添点什么堵。陆岳约我出来吃饭，果然我的福气只剩下口福。

晚上在渔阳饭店的鼎泰丰我见到了看上去疲惫不堪的陆

岳。他刚一坐定，就跟我说我不用再担心证监会了，已经没事了。

我深深吸了一口气，说："怎么就没事了？"

陆岳喝了一口茶，说："这你就别管了。"

我警觉地说："你为什么要帮我？"

陆岳翻了一个白眼，说："反正不是因为喜欢你。"

一顿饭吃得了无生趣，不过我至少搞清楚了一切始末，原来腾飞中大连续两天涨停，然后又跌停了并且走势和大盘方向正好相反，引起了注意。我被扣上散播不实信息，操纵市场等等，一堆罪名。

我看着陆岳，说："那我赚的钱要没收吗？"

陆岳无奈地摇摇头，盯着我，一字一句地说："这件事就没有发生过，你继续开你的店卖你的东西，明白？"

我看着碗里姜花色的红油抄手，抬起头来，认真地问："为什么帮我？"

陆岳说："你知不知道官山为什么接近你？"

我说："公子哥见到身边飘过一个美女还有不伸手把她拽下来的道理？"

陆岳说："他想从你那儿套汤普森的事，想必你们交往时他问了不少汤普森的事吧。"

我看着陆岳的眼睛，有些难过，还是若无其事地问："汤普森，他们认识啊？"

"他们花大价钱买了汤普森公司的资产,所有款项都通过汤普森个人的渠道,并没有和公司进行直接的交易。后来事情没有成汤普森就死了。合同是一堆废纸,因为在签合同的前三天,汤普森居然把那部分资产转到他女儿名下了,所以他不能代表公司签任何协议。也追回不了已付账款,因为根本找不到路径,他们用的现金,三十亿的现金!这是跨国行为,汤普森又死了,所以非常的棘手。"

那些个早晨,那些个晚上,我穿着宽大的白衬衣,头发乱糟糟,官山就躺在那里宠溺地看着我,说,"你要告诉我关于汤普森的一切,我嫉妒他,虽然他是个老头子。"我一遍一遍地给官山讲我们之间的聊天,像安抚一个撒娇的孩子。讲完了我们做爱,睡去,再做爱,日出日落。

我竟是如此的傻,以为一个男人会爱上一个女人。

我回过神来,说:"是因为外汇管制所以他们这样吗?"

陆岳抬起头说:"因为他们买的东西非常特殊。"

我明白到这里我的问题该停止了,赫尔辛基机场的一幕幕回到我的脑海里,我放下筷子,看着陆岳。

陆岳大概是会读心,他说:"他们集团并不都是官山他爸的,有国有成分,我需要保证不让国有资产流失。"

"所以国有的那部分就派你到他们公司盯着这事?"

陆岳看着我,缓慢地说:"我应聘过去的。"

我紧紧地盯着陆岳的眼睛,说:"你为什么告诉我这些?"

陆岳说:"你原来是基金会的人。"

我全身的毛孔都不知不觉地张开了,扶了扶头发,问:"官山告诉你的?"

陆岳笑了一下,手指轻轻地在桌上点了点,说:"官山觉得根本没有什么基金会,你是初中开始做援交,碰上个冤大头把你送到英国,冤大头后来不干了,给了你笔分手费。你看也不够维持英国的花销就回国了继续找下家。"

我短促地笑了一声,夹了一个小笼包,对陆岳说:"来,先吃饭,吃饱了有力气说话。"

陆岳并不动筷子,接着说:"可是我知道你没有说谎,我比你还了解基金会。"

我皱皱眉头,说:"基金会和这一切有关系吗?"

陆岳又喝了一口茶,说:"这么说吧,你如果一直不离开基金会的话,也许你就成了我。"

我似乎挣扎着说:"吃饭吧,别聊这些了。"

陆岳说:"你需要去勾引蓝斯顿。"

我瞪大了眼睛,说:"你说什么?"

陆岳说:"你很清楚我在说什么。"

陆岳见我不说话,说:"你没有选择的空间。或者你愿意去坐牢也可以。"

我问:"这是你安排的,去官山公司?"

陆岳摇摇头,说:"我想不出这么滑稽的点子。"

我冷笑一声，说："那你用什么拿住我呢？"

陆岳说："基金会知道后来金亓又找过你，但是他们以为金亓不想白白浪费培养了一半的苗子，让你帮忙做一点简单的任务。可是他们不知道的是金亓是你的情人，而且把他弄进去的钱在你这儿。"

我的整个身体都僵住了，看着陆岳，什么都说不出来。

陆岳说："我说错了吗？苏小姐，你还想要你的店吗，你想陪金亓一起坐牢吗？"

我端起茶杯，喝了口水，嗓子粘在了一起，茶咽不下去。我把茶吐回茶杯里，挥手招呼服务员替我换茶。服务员来了，我发现自己的手在颤抖，声音也在颤抖。

陆岳并不着急，看着我，等待我开口。我的嘴唇干涩，声音干巴巴的像枯黄的落叶。

我深深地吸了一口气，问："金先生在哪间监狱？"

陆岳笑笑，说："没想到你居然还讲点情意，还是别指望去看他了，反正既看不了也对你自己不好。"

我又问："他什么时候出来？"

陆岳轻描淡写地说："这辈子没戏了。背叛国家罪。"

我低着头不说话，脸颊突然凉凉的，竟是哭了。我抬起头，说："你说他是为了那些钱才进去的？"

陆岳居然大笑起来，说："幸亏基金会放弃了你，你觉得金亓是为了信仰叛国的吗？"

我说:"他不会为了一百多万这样,他不差这么点钱。"

陆岳说:"当然不是一百万,大多都找到了,就差这一点也就算了,反正够交差了,你觉得你这一百多万是重点的话还能挖不出来你?"

我垂着头,不想说话,一句也不想。陆岳看了一眼手表,说:"你等我电话吧,一会儿你结一下账。"

我躺在地毯上，动物的皮毛是如此的温暖，让我差点忘记了这背后的是杀戮。我到底是幸运的，居然有了自己的命运。一切到底都是早已被决定好的，我逃不出去。只是，金先生他对我是有情有义的。我想笑，可是眼泪却流出来，我想不起我们之间有过什么罗曼蒂克的情节，我像是在游戏规则下点击了我同意后才开始和他的一切，不是我愿意，是我同意。

　　官山也许是有一点点喜欢我的，只不过不够喜欢而已。一个私生子，怨不得他的懦弱。就像我，一个寄人篱下那么久的人，再有自尊，关键时刻还是得懂得看别人脸色。

　　如果勾引蓝斯顿可以让我逃离这一切，那便没有什么不可以。也许这是我很早以前就该做的事了，只是我遇见了一个对我有点情义的男人，他到底是对我不忍。我是个幸运的人，遇到陆岳，替我做了决定，了结一切。

　　陆岳甚至都没有问我想好了没有，只是直接告诉了我冷冰冰的时间地点场合，这世上贞节烈女毕竟难寻，从我的情人名单上就可以看出我不是其中一个。

墙上的背投正循环播放着卡地亚的钻石广告：diamonds are girl's best friends。

我跟着哼哼这个再熟悉不过的调子，挑晚上和蓝斯顿重逢的小礼服，普蓝、银灰、墨黑、精锻、蕾丝、羽毛，我的战袍那么多，爱过我的人那么少。

Diamonds are girl's best friends.

欲望比爱情来的直接，爱情会让我输掉手里的好运，欲望不会。

我走进餐厅的那一刻就知道蓝斯顿在看着我，正如门口的侍者，吧台的酒保，笑容僵掉的交际花，穿定制西服的绅士一样看着我。

黑色的蕾丝旗袍，我最爱的So Kate，猩红色钻石光彩的Vampire Kiss色口红，我知道你们无法不看我，我也知道你们没有一个人会爱我。

"好久不见。"

蓝斯顿眼中的惊喜冲破了他大脑的逻辑，他激动地甚至有一点失礼，吸了一口气，坐直了身子，看着坐在我一旁的陆岳。

陆岳喝一口香槟，不紧不慢地说："有次和苏小姐聊天突然发现原来她认识你，今天没告诉你便把她叫了来是有些失礼，不过既然今天不谈公事，大家又是朋友，我也觉得没什么不可。"

蓝斯顿看着陆岳，说："我们需要为上帝安排这次相遇干杯。"

我透过酒杯，若有所思地看着蓝斯顿。

是啊，天意。

蓝斯顿比我看到他的任何一次都要开心，我微笑地看着他像美国人一样试着讲些浅显易懂的笑话，像中国人一样频频地举杯，到最后我都不是很确定他是不是醉了。

饭吃得差不多时，陆岳接了个电话找了个借口溜走了，我看着蓝斯顿有些狐疑地看着陆岳，目光瞟到我身上的时候却似乎有一点温柔。

蓝斯顿看着我说："苏小姐，可否让我送你回家？"

我点点头，趁着蓝斯顿买单的空当叫侍者替我拿来了大衣。北京不知什么时候已经是早春时节，羊绒大衣包着小礼服已经没有前些日子那么寒冷了。

蓝斯顿把我送到楼下，微微有些犹豫地看着我，然后向我挥手说再见，曾经那稀松随意的晚安吻我没有等到。

我走下车，摇曳着身子踏在冰凉凉的水泥地上，忽然又转过身子，碎步小跑两步，来到蓝斯顿的车旁，俯下身子轻轻敲敲蓝斯顿的车窗，蓝斯顿有些诧异，摇下车窗。他看看后边的车座，问："是不是忘了什么？"

我摇摇头，垂着眼看着他，轻轻地叹了口气，说："我忘了跟你说谢谢。"眼帘垂得更低了。

蓝斯顿许久没有说话，我有些不安地抬起头。蓝斯顿表情复杂地看着我,过了也许一个世纪那么长,他缓慢地说:"我的荣幸,保重,苏小姐。"

我抿了抿嘴唇,问:"你会打给我吗?"

蓝斯顿伸出手来,手背轻轻地滑过我涂满了脂粉的脸颊,低下头,似乎不愿说话。

我浅浅地一笑,轻轻地说:"我想告诉你,上次在俱乐部,sway 响起时,我好想请你跳这支舞,可是罗斯先站了起来说这是她最喜欢的曲子,一定得和你跳。我最爱的总也是别人喜欢的,所以我得沉默,沉默到太阳升起……"

蓝斯顿把头从车窗里伸出来,吻住了我。大概是我的嘴唇太过灼热,他迅速地把脑袋别开,低声地说:"对不起,苏小姐。"

我叹口气,绞着手指,说:"是我不好。"

蓝斯顿说:"我该走了,苏小姐,晚安。"

我后退两步,冲蓝斯顿挥挥手,示意他开走。蓝斯顿似乎是下了很大的决心,摇起车窗,缓缓地开走了。

我定定地站在那里,薄薄的丝袜在街灯下闪着哀伤的光泽。我的眼睛有些酸涩,我在想踏着 UGG 裹着羽绒服在北京的风中仰着脸露出年轻女孩的笑容是一种什么感觉呢,可惜我不知道。一直想买一件羽绒服给自己,可是这么多年了终究也没有买,也想买双平底鞋给自己,可是终究没有底气看那矮了十公分的世界。

北京的冬天年复一年的寒冷,我想柔软的身子好歹比包成个粽子更容易换来一个拥抱,也不知道对不对,我得到了一些拥抱,只是它们冷得好快。

好在这并没有什么所谓,比如我刚才那一系列做作的表演并没有多么动情,我不是什么好东西。

回到家里,看着书桌上堆着的图纸,倒了一杯黑皮诺,去画我的图。

黑色固然是美的,但是太过孤独,找不到爱情,好歹还是可以爱上自己。应该用一些柔和轻快的颜色,生活本就是浅显轻佻的狂欢,没有什么比一醉方休更好了。

黑胶唱机播着 Cardigens 的 Love Fool,色彩在我手中有了生命,裸粉、藕荷、水蓝、明黄、草绿和鸟羽,珠片、刺绣、皮草一起翩翩起舞,盖茨比仿佛就在我的隔壁。

当我停下笔时,发现天已经蒙蒙亮。依然没有睡意,披了一件衣服下楼去吃早饭。街上的人群稀稀拉拉地前往不同的方向,地铁口的早餐小铺热气腾腾,记得原来一篇文章好像叫《他知道凌晨四点的洛杉矶的样子》,大概就是说科比能够成功是因为他每天很早就起来去训练,非常的勤奋。在北京,大概太多人见过凌晨四点的天空,不过单纯为了能在六七点钟在地铁旁准备好早餐车,或者半夜抢修好道路不影响早晨的高峰期,也或者派对刚刚结束开车去吃夜宵,而 7-ELEVEN 的店员,总是有机会看北京 24 小时的天空，这一切并没有什么值得称颂。

蓝斯顿的电话一直没有打来，一度让我怀疑是因为自己忘记了给他我的电话号码。我问陆岳："你想从蓝斯顿身上得到什么？"陆岳看着我说："汤普森的死和他们集团有没有关系，而且，越快知道越好。"

原来一切还是因为汤普森，这个让人惦记的小老头，果然一百年不会孤单。

我叹口气，说："就算忽略他现在根本不理我的现状，就算他理我了，你觉得让我怎么搞清楚这件事呢？"

"找到那笔钱，官山集团打出去的那笔。"

我干笑了两声，说："你打算让我和他上床时问他：'和我睡觉可是需要一大笔钱的，不过没关系，我正好知道你有，就是你从汤普森那儿搞到的一笔。'是吗？"

陆岳尴尬地笑了笑，说："他是他们整个集团的 CFO，你要搞清楚他们所有的子公司，然后找到那笔钱。"

"这真是像让一个小学生去写博士论文一样，有创意但是很荒唐。"

陆岳说："你运气一向不错，你觉得华尔街选交易员是选成绩全 A 的那个吗？当然是选运气最好的那个。"

"是啊，因为成绩最好的那个做了分析师。关系硬的去了投行部。运气好的被留下没有觉睡盯屏幕盯成青光眼颈椎病。"

陆岳耸耸肩说："有钱治病好歹比没钱吃饭好。"

蓝斯顿终于还是打来了，他似乎心情很差，说想找人出来喝个咖啡，不知道该找谁，问我愿不愿意出来。

我一口答应，约在我家楼下的星巴克。套了一件浅灰色高领羊绒衫和一条灰色粗呢高腰阔腿裤，踏上那双前两年随着一部韩剧火起来的 Jimmy Choo 银灰色高跟鞋，随意地把头发塞在毛衣领里，没怎么化妆，去见蓝斯顿。

蓝斯顿大概已经到了有一会儿了，见我推门进来，急忙站起身走过来说："你要什么？我帮你买。"

我轻轻拍拍蓝斯顿说："你先坐，别担心，我自己点杯咖啡就好。"

我端着一杯拿铁回到蓝斯顿那里。蓝斯顿看起来很憔悴，他头发有点乱，蓝衬衫外边套了一件明黄色的羊绒衫。还好皮鞋像是擦过的。

蓝斯顿双手无措地搓在一起，他抬起头来，对我说："我知道有些不合时宜，可是我想告诉你，我和罗斯结束了。"

我深深吸了一口气，把手伸过去，轻轻地覆盖在蓝斯顿的手上,问:"我该给罗斯说抱歉吗?"

蓝斯顿目不转睛地看着我,说:"恐怕是的,我很抱歉。"

我抿了抿嘴唇,轻轻地笑了笑,说:"我很抱歉,可是我的喜悦超出了我的抱歉。"

蓝斯顿摇摇头,说:"哦不,这样不好,我和罗斯已经在一起五年了。罗斯为了我来到了中国,我却这样对待她。"

我把手抽回来,说:"没有关系,你知道我愿意等待你。"

蓝斯顿说:"对不起,我不应该告诉你这些。男人总是很愚蠢的,你要原谅我。"

我用手环住自己的肩,温柔地说:"你知道我会在这里等你的,当你想开始的时候,你就可以找到我。"

蓝斯顿的眼神绝望而无助,双手扶住额头,喃喃地说:"我一直都是一个好男人,一直都是。可是我没有办法忘记那天你站在那里的眼神,我忘记不了。"

我不说话,叹了口气,说:"你依然是好男人,勇敢的好男人。"

蓝斯顿抬头看着我,摇了摇头,说:"不行,这太荒唐了,对不起,我今天不应该叫你出来,我走了。"

说完,蓝斯顿拿起大衣,目光在我身上短暂地停留了一下,然后走了出去。

我一个人坐在那里,甚至真的开始有些难过。我想到罗斯每次兴奋地说"薇若妮卡,这真是太巧了"的脸,她身上有着英国女人少有的激情，也许和她母亲是法国人有关。

在已经见惯了外国人的中国人的眼里，罗斯的确算不上一个天生的大美人。但是她的教育、激情和那股天真把她修饰得很好，差一点就算得上是个美人了。

蓝斯顿是典型的英国人，有着英国人的忍耐，他不会告诉侍者冷盘里的生菜上有冰碴，也绝不会在他的女朋友和大家分享他的糗事时面露哪怕一丁点不开心。然而正是这样一个蓝斯顿，他来了中国那么久都没有搞清楚中国女人对外国男人基本都是有所企图的，就像外国男人对中国女人都是不怀好意的一样。

我现在只想结束这一切，甚至想到关了两家店，住到上海去。但我想想，我的工作就是两家店，我的心血也就是这两家店，它们在北京，吸着雾霾，鲜活地活着，我又能到哪里去呢？

打电话给陆岳，说这一切太扯了，我不干了。陆岳又把他在鼎泰丰说的话重复了一遍。我对他说："这事你找个会计专业的系花绝对比我更加胜任，你放过我吧，你也知道这一系列事情都是我莫名其妙卷进去的，从某种程度上说，我也是个无辜的人。"

陆岳笑笑，说："我亲爱的万人迷苏小姐，这件事情恐怕非你不可。"

我烦躁地叹了口气，说："为什么？"

陆岳说："你瞧蓝斯顿是个一心一意爱了罗斯这样一个既不年轻也谈不上漂亮的女人好几年的男人，当然，他们属于同一个阶级，可是你觉得随便哪个年轻漂亮的女生就能让蓝斯顿这样一个男人放松警惕吗？"

我叹口气说："没有动心大概不过是不足够年轻漂亮，男人变成了太监还照样想娶媳妇。"

陆岳说："那这就权当你是在赞美自己，他很早以前就对你动心了，不然我也不会找到你。"

我笑了笑，说："难不成他自己告诉你他喜欢我？"

陆岳说："他跟金先生说的。他说希望金先生不要再带你一同去和他们交际，否则生意是没得做了。"

我诧异，这世上竟会有如此的人。我问："那他们生意做成了吗？"

陆岳说："没有，蓝斯顿说他发现自己之所以选择和金先生合作，不过是为了见你。"

我踢掉脚上的羊皮拖鞋，跑到镜子前看看自己的脸，不化妆的样子除了满脸的胶原蛋白值得称道，似乎也并没有什么过人之处。我原来以为亦舒小说中女子遇见痴男的故事都是哄骗钱财，现在发现竟有可能是真的。

陆岳说："这次事成之后，就放过你，你愿意怎么样就怎么样，我去你的店里喝咖啡都不会和你打招呼。"

我说："你有没有可能因为喜欢我而放过我，我第一次见你可是对你有些着迷的。"

陆岳冷笑一声说："人与人的谈话永远隔着智商的鸿沟，你唯一的特长就是善于勾引别人，这世上唯有你自己觉得自己还有别的本事，你想想看，你所有的成功，有哪一项不是因为你勾引了别人。"

我不做声，又抵抗道："我的成绩向来是不错的。"

陆岳似乎觉得我太过滑稽，大笑了起来，说："你倒是告诉我哪个肯学习的亚裔居然成绩不好？"

我气愤地挂上了电话，既然我最擅长的不过是勾引别人，那他想必也是有些动心的，不然就不能说我擅长勾引别人。不过，陆岳没有长心，算不得人。

蓝斯顿的事让我无比的烦恼，我对于如何得到可以让自己脱身的信息根本毫无头绪，却又莫名其妙地把自己卷到了这里。这不是侦探电影，我不可能把蓝斯顿公司从官山集团把钱付出去之前到现在所有的账目都看一遍，天知道他们到底有多少子公司，就算我没有看到，也不能证明没有，也许不过是我正好少发现了那么几家子公司。而且谁又能保证这不是子公司的独立行为呢？而最基本的问题是，我怎么有可能看到这些东西呢？

大概唯一快捷有效的办法就是直接问蓝斯顿，但愿他不要把我也杀了，如果汤普森的死真的和他们有关的话。

蓝斯顿一直没有再联系我，相反是陆岳一遍遍地告诉我如果我不这样那样结局就会无比难看。他这些像唐僧一样的话让我厌倦到不觉得自己在一个不好的处境里，似乎他除了警告我也并没有什么对付我的办法。

北京迎来了第一场春雨,夹着一点冰雹,整个城市灰蒙蒙的,没有任何美感。我去关窗户,居然发现蓝斯顿在楼下。

他没有开车也没有打伞,只穿了一件夹克衫,围着一条深灰色的围巾,双手交叉着放在胸前。

我对着镜子涂了一点浆果色的口红,喷了一点香水,带着薄荷气息的木香,跑下楼去。

蓝斯顿一点也没有料到会碰到我,很尴尬地摆了摆手。他有些犹豫,站在原地,似乎是不知道该走还是留下。

我跑上前去,把他拉进大堂。"你湿透了,上去避避雨吧。"我说。

蓝斯顿看着我,说:"我希望你不要觉得我很傻,我其实并不是来找你,只是在这附近办事,之后神不知鬼不觉就走到这里来了,老天还下起了雨,让我显得更像个悲剧。"

我笑着看着他,说:"拜托你了,上去避一避吧,你们英国人感冒是要一个月才能好的。"

蓝斯顿不再推脱,顺从地跟我上了楼。我替他放了洗澡水，拿了一条干净的浴巾给他，冲他喊："换下来的衣服麻烦放在洗手间门口。"

蓝斯顿洗好的时候，他的衣服也正好烘干。蓝斯顿裹着浴巾，站在地毯上看着我替他熨衬衫。

我转身看了他一眼，笑了出来。把衬衫递给他，说："裤子在沙发上，你快穿上衣服吧。"

蓝斯顿也笑了，说："我还以为按照你的风格你会上来给我一个热吻。"

我转过身去，看着他，问："你想要我的吻吗？"

蓝斯顿向我走来，说："薇若妮卡你今天很美，比你任何一个时候都美。"

我拉着他的手，把他带到沙发边上，请他坐下。倒了一杯威士忌给他。

我在他身旁坐下，说："你想吃点什么吗？我有早上烤的饼干。"

蓝斯顿摆摆手说："谢谢，你很周到。"

我不说话，双手交叉着盯着地毯。蓝斯顿似乎想了很久，问："你和金先生结束很久了？"

我点点头，说："我们认识很久，在一起很短。"

蓝斯顿说："你为什么找我？"

我微微一愣，并不接话。蓝斯顿说："薇若妮卡，这个世界上没有那么多的巧合。"

我说："因为我没有办法忘记你，当然，我又经历了一些男人，我刚认识你时，还不满 20 岁，一个刚刚成年的女孩子你是不能把她当做一个成年人，她并不了解自己的感受。"

蓝斯顿转向我，问："薇若妮卡，你是遇到什么麻烦了吗？"

我看着他，深深吸了一口气，说："没有。"

蓝斯顿用手揽过我的脑袋，轻轻亲吻了一下我的头发，说："我是喜欢你的，我甚至不会怪你。你有你的自尊，你不愿意说，但是你要知道这是我们可以有一个开始的基础。"

我看着蓝斯顿，说："我需要钱。"

蓝斯顿眼里流露出一丝不易察觉的失望，但他还是轻轻地揽住我的肩，说："没有关系，我理解，你是孤身一人在大城市的年轻美貌的姑娘，你当然需要钱给你打气。"

我看着蓝斯顿，说："你会用金钱为你的愧疚付账，然后回到罗斯身边去吗？我喜欢你，真切地喜欢你，但我需要钱。如果一定要让我坦白的话，我还没有喜欢你到希望你离开罗斯的地步，我依旧可以控制我的情感，就像我刚才说的，我出现的一部分原因是因为钱。"

蓝斯顿说："你这几年没有找到可以给你钱的男人？"

我咬着嘴唇，低着头，说："有，可是我不喜欢他们。"

蓝斯顿轻轻地说："那么你就比你以为的更喜欢我。"

外边依旧阴沉沉的，我说："你饿了吧，我可以给咱们做一点意面和罗宋汤。我有很多影碟，我做饭时你可以挑一张看。"

蓝斯顿看着我，笑笑说："多么神奇，无论你说什么话都显得无比的自然。"

我冲他笑笑，转身进了厨房。

当我端着托盘走出来时，看到蓝斯顿正在看《女间谍》，我以为蓝斯顿会看高智商电影或者小众的欧洲文艺片，没有想到会是搞笑片。

蓝斯顿当然非常绅士的大赞了我的手艺，并且用行动证明了自己并没有说谎。

吃过饭，蓝斯顿看看外边已经黑下来的天，说："我得赶紧走了，不然我会真的以为这里是我家。"

我看着蓝斯顿，说："你可以留下来，这里也可以是你家。"

蓝斯顿看着我说："薇若妮卡，你并没有说实话，美丽的女人不会为了钱给一个男人做晚饭，她们会为了钱脱衣服，你想要的是我的心，不是我的钱。你是一个危险的女人，我需要好好想一想。"

我不再说什么，找出一把黑色的雨伞递给蓝斯顿，问："需要我帮你叫一辆出租车吗？"

蓝斯顿摇摇头，说："不用，我的公寓离这里并不远，我走一走也好。"

我看着蓝斯顿，说："你等一等我，我和你一起下去。"

蓝斯顿问："你需要买什么吗？我可以替你买了叫前台给你送上来。"

我抓起外套，说："我要去你家喝一杯。"

蓝斯顿挠挠头发，说："我并没有邀请你，薇若妮卡小姐。"

我看着蓝斯顿，说："我不要一个人待着，求你别像个法国男人一样婆婆妈妈。"

蓝斯顿笑笑说："好的，苏丝黄。"

蓝斯顿的家在北广大厦旁边，也是一幢酒店式公寓楼。大概这栋楼里老外很多，在拐角的屋檐下站着一个穿着水蓝色短旗袍披了件粉白色皮草披肩的浓妆女子在抽烟。我走进公寓大堂，门童咧着嘴向蓝斯顿笑，算是问好，又满脸狐疑地看着我。我斜斜地瞟了他一眼，上前一步，拉住蓝斯顿的衣袖，把头靠在他的胳膊上。蓝斯顿微微一愣，什么也没有说，带着我继续往前走。我扭头看那个可怜的门童，一脸鄙夷地站在那里，望着我。

在电梯里，我靠在栏杆上，歪着头，看着蓝斯顿。蓝斯顿并不看我，眼睛紧紧地盯着电梯数字。我用尖头高跟鞋踢了踢蓝斯顿，慢悠悠地说："刚才的门童觉得我是妖精。"

蓝斯顿转过头来，笑笑说："他是很好的人，放心，他不是这样想的。"

说着过来轻轻地拉拉我的手，以示安慰。我扭过身子，伏在他耳边，说："我觉得他想对了。"

我尾随蓝斯顿走进他的公寓。蓝斯顿转过身来，说："你没有办法接受一个拒绝。宁可撞破脑袋。"

我伏在蓝斯顿背上，轻轻地说："我不会给你找任何麻烦的，我只是想拿我喜欢的人的钱，我不会在你身边待那么久的，会在爱上你之前走的。"

"你是在利用我。"

"我知道，请你接受我的利用，我知道你心里也是这么想的，如果我们彼此坦诚的话。"

蓝斯顿缓缓地转过身来，我感觉到他的身体在轻轻地颤抖，他的眼睛上蒙着水汽，睫毛上粘着水珠。他看着我，说："天哪，我不可以这样，我第一次遇见你的时候你还是个孩子。"

我说："不必愧疚，你认识我时我已经成年了。"

蓝斯顿表情有些痛苦，他放开我，一下坐在了沙发上，说："你不懂，你不知道。"

我脱下高跟鞋和外套，坐在他身边，用我冰凉的手覆盖他的手，他把手一下抽出来，看着我，说："你要原谅我，其实我第一次看到你是在罗丁女校。"

我向后坐了一下，定定地看着他，说："这不可能。"

蓝斯顿吸了口气，像是下定了什么决心。说："罗斯给罗丁捐了五十万英镑用于支持学校的艺术课程，我那时才开始和她约会，她邀请我陪她去签字。然后我看到了你，如果按时间推算的话你那时也许不过十六岁，抱着一摞书，穿着学校的西服裙子，站在教学楼门口东张西望，好像在等什么人。"

我看着蓝斯顿，说："你确定吗？这太不可思议了。"

蓝斯顿继续说："你没有办法想象自己的美，你神情高傲得像是一个女王，可是眼神里分明写着不安。我当时就在想，上帝对这个女孩做了什么啊，如果我能做什么把你从你的不安中解救出来，我一定会做些什么，可是我不能。罗斯也看到了你，她什么也没有说，在回去的路上，她对我说：'我看到了那个女孩子，你似乎是爱上她了。'我矢口否认，罗斯只是说：'我是半个法国人，我不介意突然的爱情，但是别干畜生的事，蓝斯顿，她还是个孩子。'我极力地安慰她，请她吃了晚餐，又买了一幅画给她，这之后没有太久我们就确定了关系。可是我知道，我看你的那一眼，就是我一生，我以为已经消失的爱情在那一秒回来，然后燃烧成灰烬。"

我依旧有些不敢相信，低着头，小声说："如果这是真的，我们不相见还好些，这样好歹世上有个人曾经如此单纯地爱慕过我。"

蓝斯顿看着我，他的眼神黯淡得像北京的星光，说："你没有办法想象我在金那里看到你的时候我的痛苦，你没有办法想象，在那一秒钟，我就已经明白你的不安是因为钱，如此的简单，可是我已经无能为力。"

我低着头不说话，屋里很静，我听得到挂钟咔嗒咔嗒的走针。我站起来，对蓝斯顿说："我得来点波旁酒。"

蓝斯顿说："我有伏特加。"

我找到蓝斯顿的冰箱，给自己做了一杯伏特加汤力，端着酒杯走出去，踮着脚尖靠在墙上，发簪不知道什么时候松了，几缕头发软塌塌地遮住半边脸颊。我咬了咬嘴唇,不确定它是否依旧潮湿红润。

蓝斯顿看着我不说话,我举举酒杯问道:"你要来一杯吗?"

蓝斯顿站起来,走到我面前,用一只手扬起我的下巴,另一只手接过我的酒杯,一饮而尽。我轻声咯咯笑起来,说:"哦,我的伏特加汤力好像忘记了加汤力。"

蓝斯顿拉着我的手,随手把酒杯放下,说:"跟我来。"

蓝斯顿的卧室有干燥皮革和琥珀混合的香气,他的落地窗外是一览无余的长安街。

我躺在那里,蓝斯顿的呼吸一次次地打在我的额头上,我的体温灼伤了苍白的皮肤。

蓝斯顿躺在我的身旁,没有尝试着去抱我。他安静地看着我,我们之间隔着逐渐降温开始变得冰冷的空气。我想在这个阴冷的晚上,我应该举酒狂欢,跳一晚上的舞,跳到我们忘记彼此的名字。

过了很久,蓝斯顿伸出手,轻轻地抚摸我的脸颊,我轻轻地说:"我没有哭。"

蓝斯顿把手缩回去,背过身,不看我。我捡起床边的衣服,我的头发潮湿,这个晚上太长,我要回家。

蓝斯顿什么也不说,他一直看着我,带着温柔的无望。我要关上门的那一刹那,蓝斯顿突然从卧室里走出来,对我说:"留下来吧,外边在下雨。"

我站在门口，叹道："对不起，我不应该让你再遇见我，英国的那个我更好一点。"

蓝斯顿皱了皱眉头，想说什么，终究是没有说出口。

我笑了笑，说："我不会再打扰你了，我已经让你足够失望了。"说完轻轻地带上了门。

电梯里的镜子很大，我看着自己的眼睛。好像随时有眼泪要流出来一样，十分清澈。

要走出大堂的时候，蓝斯顿拦住了我，他一把把我揽进怀里，他的温度是如此的诱人，像是冬日的壁炉。蓝斯顿亲吻着我的头发，说："这太荒唐了，但我无能为力，遇到你，是我无能为力的事。"

蓝斯顿把我带回家，整个晚上我们都在做爱。不眠不休，好像我们已经没有明天。天蒙蒙亮的时候，我躺在蓝斯顿的灰色床单上，身体肿胀，好似没有任何知觉。蓝斯顿拿来一把檀木梳子，替我梳理纠缠在一起的头发。

蓝斯顿说："再次见到你，是心痛。"微弱的晨光落在我洁白的身体上，我仰起头看着他，他的眉眼似乎没有说谎。我探过头去亲吻他，他的嘴唇有淡淡的薄荷巧克力的味道，像一份圣诞礼物。

蓝斯顿俯下头亲吻我的眼睛，他轻声地说："你现在眼睛湿润而你自己却不知道。"

我低下头，发丝凉凉地泻在身上，蓝斯顿的手拂过我的头发，说："你的眼睛让你和千千万万个女人变得不同，上帝亲吻过你的眼睛，给了你灵魂，很美的灵魂。"

房间里依旧弥漫着琥珀的香气，让我有些昏昏欲睡。可是我知道我不能，我断然不能陷在这气味之中，我来这里是为了自由。

我又想起了英国，想起了罗丁，那些散发着玫瑰芳香的灿烂岁月，我的秘密像蟋蚁一样在黑暗中啃食着我，然而我明白，我什么都不能说，忍住这一切我便依旧是那个可以和所有人平起平坐谈笑风生的苏。

我在英国并没有真正的朋友，一个也没有。晚上睡觉时我总是会吃药，因为害怕自己说梦话让室友知道我的卑微。而蓝斯顿，他看到我的第一眼，就看穿了我所有的不安与孤独。他比我更加的危险。

蓝斯顿起身去煮咖啡，我问他可不可以给我一点白兰地，蓝斯顿替我倒了一杯，说："我得尊重你的自由。"

我笑笑说："你有面包圈吗？"

蓝斯顿说："什么时候英式淑女开始吃美国人的东西了？"

我光着脚拿着酒杯靠在蓝斯顿身上，用手指点他的鼻子说："英国人很国际化的，英国绅士不是也好中式辣椒？"

蓝斯顿尴尬地笑了笑，说："我要去上班，你可以再睡一会儿。"

我说："我该回家了。"

蓝斯顿说："你知道你可以留下来的吧。"

我说:"所以,我们算是情侣了?"

蓝斯顿穿上外套,凑过来亲了亲我的额头,说:"对,晚点打给你,情侣。"

我躺在蓝斯顿的床上,睡意全无。走进浴室冲澡。大概他是新搬到的这里,我不相信一个有一半法国血统的女人能够忍受没有按摩浴缸的浴室。

我打车到上东区去吃早餐。新鲜的番茄奶酪帕尼尼和鲜榨柚子汁,让我恢复了元气。

昨天的一切像一场潮湿的梦。我告诫自己,这不过是一场戏,不是我的人生。

我不会真的喜欢蓝斯顿的,即便他是好看的男人,也不行。

蓝斯顿的晚一点打来是三天以后,约我吃晚饭。他把我拉到簋街吃小龙虾,我虽然好辣,可是小龙虾是不碰的。他很兴奋,说这是中华美味。我虽然很想反驳他,但是看着簋街涌动的人潮无言以对。

我看着蓝斯顿,想起大学时男朋友想吃牛肉面,坐在他对面,安静地看他吃完了一碗面,然后去对面西餐厅要了一份牛排。

也许蓝斯顿是自带光环的人,出现在这样嘈杂的小店,像是偶尔出宫体会人间烟火的王子,让我居然乐意相伴。

蓝斯顿并不跟我说工作,或者询问我的生活,似乎这并不是他关心的事,他吃饭就是为了吃饭。我很困惑,他已经跳过了恋爱初级阶段的装模作样和羞涩，我微笑着看着他，就像看着一段旧时光。

晚上十点多，我们又回到了蓝斯顿的公寓，门童很努力地不去看我。蓝斯顿依旧似乎什么都没有看到。

依旧是做爱，除了做爱以外我们无事可做。我昏昏沉沉地睡过去，醒过来的时候是半夜，蓝斯顿不在床上，大概是他替我盖上了被子，让我没有被冻醒。

蓝斯顿在客厅里工作，看到我起来，说："抱歉弄醒你了。"

我看着他，说："我可以回家的，没关系。"

蓝斯顿站起来，轻轻地抱抱我，说："不要这样敏感，你可以待在这里，多久都可以。"

我回到床上，卧室没有拉窗帘，国贸三期的楼顶闪着光。我又沉沉地睡过去。等我再醒来的时候，蓝斯顿已经没有踪影。桌上没有早餐，也没有字条。

我叹了一口气，觉得这一切糟糕透了。我草草地冲了一个澡，望了一眼这间冰冷空荡的公寓，关上了门。

走在街上，我的头发还没有干，被风吹得有些头痛，外边的阳光格外的好，让我觉得自己依然鲜活。

蓝斯顿大概那套"我分了手，我多年前已经见过并爱上了你"不过是玩腻了的老把戏，他对送上门来的甜点也是要尊重的用感情恭维一番，倒是绅士。

　　只是他的那双手，太过温柔，差一点骗我入戏。

　　我没有等蓝斯顿的电话，我想陆岳才是我需要处理的要紧事。

　　蓝斯顿在第四天的凌晨打电话给我。看到他的电话，摁掉声音，把手机丢在地毯上盯着它，我也不知道自己为什么会这样做。

　　他的电话持续地打来，我终于投降。接过电话，蓝斯顿说："你是不是觉得我对你不够好？"

　　我笑盈盈地说："为什么这样说？"

　　蓝斯顿说："我昨天带了一个小姐回家里。"

　　我深深地吸了一口气，好像有什么东西卡在了喉咙里。我清了清嗓子，说："没关系的，蓝斯顿，你是自由的人。我们的关系并没有到无法简单结束的地步。"

蓝斯顿声音有些沙哑，说："我要见你。我一切都糟透了。"

我笑了笑，说："我们不必非要见面结束这一切，蓝斯顿，没有关系，不用担心。"

蓝斯顿说："你在家吗？我去找你。"

我想说不是，却撒不了谎。蓝斯顿果断地挂上了电话。不到二十分钟，楼下管家就打来电话，问我能不能给蓝斯顿开门。蓝斯顿出现在我门口时的确是糟透了，头发乱糟糟的样子，皮鞋上有一块显眼的泥迹。

我拿出拖鞋，请他进来，满屋都是 L'orphelline 的梵香味，我抿了抿嘴唇，我想也许败落玫瑰的颜色已经在我的双唇上晕开。

蓝斯顿想抱抱我，我不懂他为什么要这样做。他坐在沙发上，说："可以给我一点酒吗？"

我替他倒了一点威士忌。蓝斯顿说："我很孤独，我没有和她做任何事情，我只是孤独，比任何时候都更加孤独。"

我喝了一口手中的巴贝拉，冷笑了一声说："蓝斯顿，你说这些没有任何意义。"

蓝斯顿站起来，几乎是吼着说："你是为钱对吧，如果是为钱的话你就应该容忍这样的事，你还没有从我这里弄到一分钱。"

我转过身说："好，先生你的卡给我一下，借记卡，不要信用卡。"

蓝斯顿说:"你怎么确定我有钱呢?我把我的一切都给罗斯了。"

我看着蓝斯顿,这个深情的骗子。我打开门,说:"那你走吧,先生。"

蓝斯顿突然从怀里掏出一沓钱,扔在地上,说:"给你,都给你,女人。"

我蹲下身去,把地上的纸币一张一张地捡起来,站起来,把它们放在蓝斯顿的手里,然后抽了两张,说:"这是明天我请保洁需要用的。请回吧。"

蓝斯顿突然一把抱住了我,我用力推他,却动弹不得。蓝斯顿把我推到墙角,说:"你是个骗子,你知道吗?"一把扯掉了我的睡衣。

我抬起眼,看着他,说:"不要这样,蓝斯顿,不要这样。"

蓝斯顿看着我,犹豫了一下,松开了手,喃喃地说:"对不起。"

我靠着墙角滑下来,漆黑的长发落在地上。我低声地问:"蓝斯顿,为什么?我不懂。"

蓝斯顿走到窗口,说:"你懂的,因为我们玩的是同一场游戏,不能动心的游戏。"

我笑笑说:"你到底还是觉得我不堪了,对我动心也变成了可耻的事。"

蓝斯顿转过身来,说:"我对你说的每一句话都是真的。

而你，你怎么会爱上什么人呢？你是十八岁就做别人情妇的女人，我竟做出这样的蠢事。"

我走过去，脚尖冰凉。我拍拍蓝斯顿，把头靠在他的后背上，我说："没关系，我去找罗斯，我去跟她讲，好不好？"

蓝斯顿说："你不是为钱的对吗？你错过了无数个最佳要钱的时机。"

我垂着头，说："说我是有些难为情的，你是不会相信的。"

蓝斯顿说："你和金先生一起出现，又托陆岳找到我，是为了什么？"

我深深吸了一口气。大约我也没有什么机会打入蓝斯顿公司内部找什么该死的报表或者在蓝斯顿酒酣情浓之时套他的话了。

我问："汤普森的死和你们有关系吗？"

蓝斯顿一愣，说："你认识汤普森？"

我点点头，说："他是我教父。"

蓝斯顿一副恍然大悟的表情，说："他资助你去的英国，那完全有道理，那你为什么后来会和金先生好？"

我如果去当间谍的话，一定是特别糟糕的一个。我脱口而出："是金先生他们公司的基金会资助的我。"

蓝斯顿转过身来，用手抓住我的手臂，说："所以真的有那个基金会。"

我才意识到自己也许已经说得太多了。只是站在那里不说话。

蓝斯顿突然笑了出来，说："中国人竟真的会做出这种事，太不可思议了。"

我局促地站在那里，完全不知道自己的话会造成什么后果。蓝斯顿看着我，说："所以你是因为什么被踢出来的？我了解亚洲女人，她们不会对这种命运说不。"

我叹了口气，说："因为我不愿意去牛津，我想去圣马丁。"

蓝斯顿看着我，说："上帝吻过你之后又把你抛弃了。我早就应该想到，我怎么能够怪你。"

我不说话，蓝斯顿说："你怎么认识的汤普森？"

我说："碰上的，我不是汤普森的情妇。"

蓝斯顿望着我，缓缓地说："我知道，汤普森不可能让你做他的情妇。"蓝斯顿停了一会儿，又说："你不会真的英文名就叫薇若妮卡吧。"

我看着蓝斯顿，觉得也许又要听一个故事，说："汤普森起的。"

蓝斯顿说："这么说他跟你提过薇若妮卡？"

我点点头，说："他最爱的小女儿，是的，你见过薇若妮卡？"

蓝斯顿看着我，不说话。他去吧台给自己重新倒了一杯威士忌，说："薇若妮卡是我的初恋，也是我的前妻。"

我惊呆了，随后又说："不可能，我认识汤普森的时候，她只比我大六岁，怎么会是你的初恋？而且，她是同性恋，怎么可能和你结婚。"

蓝斯顿看着我，把头埋在掌心中，说："这是汤普森跟你说的？"

我点了点头。蓝斯顿抬起头来，抓住我的手说："薇若妮卡过世的时候25岁。我和她高中就在一起了，我们大学毕业时结婚，我们刚结婚她就检查出得了脑癌。她为了不拖累我，说自己爱上我们的女佣了，要和我离婚，我忍受着她的种种闹剧，一直照顾着她。她临终时牵着我的手，说：'蓝斯顿，你不要想我，会有一个天使来替我和你相爱的。'她又呜呜哭了起来，她十七岁请我去看拉拉队表演，结束后我哪里也找不到她，后来我发现她被反锁在工具室里时也是这样的哭，无助得像个孩子。她说：'蓝斯顿，我害怕，我怕痛，我怕死，我怕没有天堂，我没有办法和你们重逢。蓝斯顿，死人很丑，我不要死。'我想安慰她，可是我不知道该怎么说。"蓝斯顿的声音开始变得哽咽，他抬起头，说："对不起，我不该说这些的。"

我不知道怎么样安慰他，我不知道一心一意纯情地爱着一个人是什么样的感受，失恋于我是大哭一晚第二天换个对象约会，我没长心。

蓝斯顿说："看到你时，我以为你是薇若妮卡再次来同我相会。"

我笑了笑，望着天花板，说："我不是什么薇若妮卡，我是苏沁。"

蓝斯顿说："对不起，我无法给你正常的恋爱，你不是薇若妮卡，我不能这样，这样太过自私。"

我看着他，说："我这辈子还不知道正常的恋爱是什么样子。"

蓝斯顿说："我们不要再见面了，这样对谁也不好。"

我说："那你告诉我汤普森的死和你们公司有没有关系？"

蓝斯顿说："我不知道为什么有人要杀掉一个生意人，生意人带来的麻烦通常用钱就可以解决。"

我已经完全不明白眼前的情况了，陆岳知不知道蓝斯顿是汤普森的女婿？

我对蓝斯顿说："你是怎么知道基金会的？"

蓝斯顿说："金先生说的啊，我为此还调侃了他们公司好一阵，不过他没有说过你是基金会的。"

我摇摇头，说："怪不得他会落得这样的下场。"

蓝斯顿说："下场？他最近不好吗？我很久没有和他见面了，我说既然我们没什么生意可谈也没有必要非保持礼节性的交往对吧？"

我看着蓝斯顿，说："你所有的都知道，那想必你也知道陆岳和金亓是一伙的吧。"

我低下头，说："蓝斯顿，你曾经问我是不是遇到了什么麻烦，你看，这就是我的麻烦。金先生和陆岳。"

蓝斯顿说："你的麻烦自然永远是男人。"

我说："我倒情愿我的麻烦是男人，和爱情有关。可惜不是。"

蓝斯顿说:"他们没有给你你应得的钱?"

我看着蓝斯顿,他说这句话的神情是如此的自然,对一个长得和他去世的妻子一模一样的女孩,问她是否得到了应得的钱。

我摇摇头,说:"金遇到大麻烦了,他给我的钱来路不明。"

蓝斯顿笑笑说:"有人问你把这个钱要回去?"

我说:"陆岳。"

蓝斯顿想了想,说:"我不知道金给了你多少钱,又拿了多少不合法的部分,但如果他给你的钱没有足够多的话,很难证明那个时间点他给你的钱正是不合法的那一部分。"

我低头说:"他给了我一百多万。"

蓝斯顿说:"你的麻烦应该没有那么大,据我估计,他的年薪都应该在300万左右。"

我说:"是吗?既然你都了解基金会,想必他的麻烦和你脱不开关系。"

蓝斯顿皱着眉头,说:"我并不清楚,我甚至不知道他有什么麻烦,况且那个基金会本来就是个笑话,如果他因为把公司老板的滑稽事拿出来增加气氛而惹上大麻烦的话,中国人还真的不是一个懂得幽默的民族。"

"滑稽?你觉得基金会很滑稽吗?"

"你觉得不滑稽吗?"

我苦笑了一下,说:"也许吧。"

"英国如果出了这等事估计上三天日报。"

我冷笑一声，讽刺地说："那想必军情六处天天都在上日报。"

蓝斯顿很诧异，问："一个找女朋友的基金会和军情六处有什么关系？"

"什么找女朋友的基金会？"

蓝斯顿已经完全从回忆亡妻的悲伤中走了出来，说："天啊，我们在说什么，原来你到现在都不知道！快些告诉我，他们告诉你这个可笑的基金会是为了什么？"

我抿抿嘴，犹豫地低声说："成为优秀的公职人员。"

蓝斯顿彻底地被这一切逗笑了，他说："公职人员，要有留学背景的？小薇若，你知不知道这个世界上有一种东西叫做招聘广告？他们何苦这么费劲花钱培养公职人员？"

我有些气愤，但又不知道是否应该把这一切解释给他听，我反问道："你倒是说说这个基金会是做什么的。"

蓝斯顿喝了一口威士忌，清了清嗓子，说："金他们集团的大老板替自己的小儿子培养女朋友，他的两个大儿子一个找了模特做女朋友，另一个找了一个大家小姐。一个的无知和另一个娘家的强势真心让他吃不消，所以他决定亲自为自己的小儿子培养一个女朋友，所以就花了大力气挑选了成绩还算优异长相清秀的孤女来培养，全国只选出来三个，你是其中一个。不过最后三个都没有坚持到见到他儿子的那一天。"

我觉得这个故事实在是太滑稽了，说："蓝斯顿，你真的是编故事的一把好手，先是说我们遇见过，又说薇若妮卡是你的前妻并且她已经过世了,现在又编出这个故事给我听,看我出洋相真是给你带来了无尽的快乐。"

蓝斯顿指着自己的脑袋说:"我发誓之前说的都是真的,至于这个故事,是金亲口说给我的。他还说姑娘们没走到最后的主要原因基本都是替自己找了男朋友,为了保证姑娘们没有功利心,所以她们谁也没有被告知资助她们的真正原因。这位老先生说一定要让被选中的女孩把初恋献给自己的儿子,说女人一旦经历过男人,就会变得阴险。要我说他就很愚蠢,他居然把她们送到英国,英国没有处女,大概我的薇若妮卡是因为不是英国人才如此纯洁。"

我呆呆地看着蓝斯顿,竟然丝毫找不到任何可以反驳他的证据,突然我回想起金先生去劝导我的时候我男朋友还去接我约会,大概在那一秒钟,牛津还是圣马丁就已经无所谓了。我看着自己的脚趾,屈辱感从脚底升上来,血液沸腾,要挤破血管,可是我又在想,如果我一开始就知道真相的话,大概就是另外一个我,我甚至不知道哪个我会更好一点。

有人说只要有才华,只要努力,终究有一天会被命运垂青。这样说的人大概从来没有看到过这个世界的本来面目。有才华没有背景不懂得遮盖自己光芒的人,是死得最快的一种。几乎除了她自己,剩下所有人都有理由有能力把她踢下去。而美貌这种东西,你只能用它换两杯咖啡,也许你运气够好,也能换两个咖啡园。不过大概是比高考中状元要难些,在这个五步一个整容中心的年代，没有倾国倾城。

蓝斯顿见我不说话，站起身来，说："也许我不该来这儿，不该跟你讲这么多。"

我看着他，什么也说不出来，看着他走到门口，他穿一双黑色的德比鞋，他系的围巾看不出牌子，他的外套没有熨。

蓝斯顿打开门，几乎就要出去了，又返了回来。他忘记了脱鞋，大步走到我的面前说："你大概没有理由再见我了，对吧？"

我望着蓝斯顿，不知道说什么。也许陆岳也不过是个骗子，想从蓝斯顿这里捞点什么好处而已。我终于自由了。

蓝斯顿看着我，依旧是他那有些绝望的眼神。他的感情如此炽热，在某些时刻几乎要融化了我，可是这温度终究和我没有什么关系。

我站起来说："我不知道。"

蓝斯顿看着我说："这一切对你并不公平，可是，我无法停止我对你的感情。"

我脆弱地望向他，用尽了全部的力气，缓缓地说："蓝斯顿，抱抱我，然后什么也不要问，请走吧。"

蓝斯顿紧紧地抱住我，每次他拥抱我时我都感觉到他的颤抖，他抓住我的肩膀，看着我说："答应我，给自己一个更好的青春，好不好？"

我垂着眼睑摇摇头，说："我不知道，我不知道自己会怎么样。"

蓝斯顿说:"我给不了你以为的爱情,你还年轻,你值得有一个真正全心全意爱着你的男人,也许他有时会做点傻事,但那是因为他还年轻。"

眼泪流了出来,像一条崩溃的小河,我不知道怎么样去阻止这些羞耻的泪水。

我看着蓝斯顿,说:"你不懂,从来没有过什么年轻的全心全意和我相爱的人,在英国的那些男生,是我年少骄傲的消遣,我把心中最隐秘柔软的一块留给了金先生,然而发现我不过是他的一个任务,当然他最后还是废物利用了一下。可是我根本不能怨恨他,我还要感激他,因为他给了我钱,足够让我舒舒服服过好几年的钱。我以为我终于找到点爱情的男朋友失踪了,我以为温暖的可以让我在他怀里变傻的男人不过是个懦弱的杂种。蓝斯顿,"我几乎是吼了出来,"蓝斯顿,我不能爱了,我没有力气了。我只想,我只想有一个地方可以让我温暖地入睡。可以不去想我是谁,不用想。"

蓝斯顿拍拍我,轻声说:"没事的,没事的。"他让我坐下,温柔的手指穿过我的头发。"没事的,薇若妮卡,没事的,一切都会好,你不会有事的,上帝会把你留在我身边的。"

蓝斯顿的脸轻轻地贴在我的头发上,他的手指,修长的,苍白的手指划过我的脸颊,划过我的泪水,我蔷薇花一样的嘴唇,颀长苍白的颈,尖尖的锁骨,柔软的腰肢,我的身体呼吸着这一刻这个男人带来的温度,缓缓地张开,散发着百合的痛楚与芬芳。

天色像是永远得了忧郁症，八点的天光也不似好转，依旧蒙着灰色的一层薄纱。蓝斯顿在这个白天之前的夜晚曾经哭泣，可是现在那些泪水已经蒸发了，和我的伤痛一样在清晨化作灰烬，不管有没有阳光。

天亮的时候，我就知道我应该重新上路了。身体的温度贪恋得太久，会产生不应该有的幻觉。

蓝斯顿穿好他的大衣和鞋子，对我说："薇若妮卡，求求你让我们试一试，也许我们真的会在一起，也许不会，但是我不能让你想到我的脸时是漠然，我想用我燃烧的感情在你的记忆里留下烙印，对不起，你的感情已经是如此痛苦，可是我依旧是如此自私。但是，我们必须试一试。"

我的身体依旧疼痛，我分辨不出什么样的男人是对我有利的，什么是有害的，到最终他们都是一样的。

我点了点头，看着蓝斯顿走出家门。

头好像要炸开了，大概是因为我已经好几天没怎么睡觉了。我给自己倒了一杯白兰地。坐在沙发上。这一切都是怎么了，什么是真的，什么是假的。脑海里又浮现出金先生那张永远没有什么表情的脸，记得第一次见到他时他看我的怜惜的眼神，他对我说："苏沁，你的命运从此不同了，你不要害怕，勇敢地面对新的生活，你会发现世界是美好的。"金先生，你现在在哪儿呢？是真的在某座戒备森严的高塔之中吗？

我并不知道自己是怎么走到金先生公司的，我居然尝试着去他公司找他，实际上，他没了消息后我似乎很快沉浸在新的恋情之中，从来没有想过去找他。

前台小姐已不是从前的那一个，她面无表情地问我找谁，我轻轻地咽了一下口水，说："金元总。"前台眼皮懒懒地抬了一下，说："预约了吗？"

我怔怔地看着前台，喉咙似乎被掐住了，一时发不出声音。前台有些不耐烦地说："女士，你预约了吗？"

我点点头，前台对着显示器"啪啪啪"打了一通，皱了皱眉，说："女士，金总今天上午没有任何预约。"

我看着前台说："昨天晚上临时约的，可能没有加上去，麻烦您打个电话问问。"

前台打电话给金总的秘书，我忙说："劳烦您让她问一下金总，我是蓝斯顿先生的朋友苏沁。"

过了一会儿，前台给我做了一张访客卡，说："苏小姐，您可以上去了。"

金先生的办公室依旧在从前的位置，这么多年，似乎他的生活依旧走着上着发条的老日子，没有任何进展。女秘书已经换了，一个不那么漂亮精致的。她似乎完全没有任何心情敷衍我，连一点好奇都没有。我推开金先生办公室门的那一秒，时光流转，眼睛竟有些酸涩。

金先生看着我，他微笑着，轻声说："坐。"女秘书依旧站在那里，金先生看着她，提高了些声音，说："你先出去吧。"

我坐下，看着金先生。他依旧坐得直直的，收拾得整齐干净，一丝不苟。他胖了些，也老了些，眉眼也许是因为疲惫倒有些不曾有过的温柔。

我不知怎么开口，金先生说："怎么想到来看我？"

我绞着手指，低着头，眼泪滴在手上，迅速地冷却。金先生走过来，递给我一张餐巾纸，他揽住我的肩膀，说："不要哭，不要哭，从前的委屈怎么现在哭了呢。"

我抬起眼，看到他不知所措的眼睛，他老了，是真的老了，眼角的皱纹竟是这样深了。

我说："你就那样把我打发了，甚至都懒得见面告诉我。"

金先生叹了口气，说："都过去这么久的事了，如今你却忍不住来讨一个公道。"

我擦了擦眼泪说："我能求什么公道呢，基金会不过是给公子哥培养女朋友，我哪里敢要公道。"

金先生微微一愣，说："基金会也毕竟帮助了你那么多年。"

我说："你呢？你倒是会废物利用。"

金先生似乎想抚摸一下我的头发，手停在半空，又缩了回去。他缓慢地说："我是真的怜惜你。"

我的眼泪涌了出来，冷笑了一下，说："真的怜惜我，谢谢你的钱。"

金先生沉默了，望着墙上的挂钟，他站起来，走到办公桌前面，背对着我，说："那时，我的生活还很风光。对于你，我已经尽了那时的最大努力。"

我擦擦眼泪，站起来，说："我已经知道你没有坐牢，我竟然当真以为你对我有些情义。我走了，以后不会再来了。"

金先生转过身，说："坐牢？我为什么会坐牢？"

我把陆岳说的话原封不动跟他说了一遍。金先生皱着眉头看着我，说："我不知道为什么会有人这样说，我不认识什么陆岳。"

我深深吸了一口气，说："好的，我知道了，我走了。"

金先生犹豫了一下，问："你和你男朋友还好吗？不要意气用事。"

我怔住了，目不转睛地看着他，说："你知道我男朋友的事？"

金先生说："隔了这么久，想必告诉你也是没有关系的。"他停了停，说："他找过我。"

"他找过你，他知道你？"

"他让我离开你。我终究是给不了你什么未来的，你还年轻，你应该有一个自己闯出来的天下，你该不会天真地以为你们的房子是他突然发财买给你的吧？我怕你受委屈，女孩子还是有点钱比较好，所以才又打了一笔钱给你，你还算是个孩子时我就认识你了，我知道这样说不恰当，但是有的时候，我觉得自己更像你的父亲。"

我看着金先生，说："什么房子？"

金先生似乎瞬间就明白了，颓然地坐在椅子上，说："那房子上还有你的名字的，我给你地址，你去找。"

他的眼神一下黯淡了下来，说："造化弄人啊，我本想那个年龄的男孩子的感情都是真挚热烈的，居然会是这样。"

我说："不用给我地址了，房子大概已经卖了，我留给他一张我的身份证，为了有时方便，他到失踪都没有还给我。"

金先生看着我说："这几年你过得还好吗？"

我看着他，摇了摇头。又垂着眼睛，不说话。

金先生站起来，说："算了，不说这些了，走，我请你去吃早茶。"

我诧异，说："你不必替我腾时间的，我什么都明白了，也算是了了心愿。"

金先生笑笑说："不忙，公司都快关了，有什么好忙？"

金先生带我去楼下不远的一家金鼎轩，因为时间的问题，并没有什么人。我看着眼前的金先生，想到曾经他周末也常带我去吃早茶，夏宫和家全七福酒家的领班都已经和我们相熟了。

残山梦最真，旧境丢难掉。时间这么快，把人都催老了。我问金先生，说："你怎么样？"我看着他，停了停，又说："从前觉得是不该问这个话的，怕你嫌我生事，也怕你答了让我尴尬，可我还是想问一句，那时的你结婚了吗？"

金先生不紧不慢地吃着云吞，玻璃的反光打在他的脸上，照得他的每一条皱纹都清晰得像钢刻的一样。金先生抬起头，笑笑说："我从来没有结过婚。记得小时候家里穷，娶个嫂子败了半个家跑了，后来依旧娶来的是虎背熊腰的悍妇，不懂女人的精细，吆喝人做事倒是一等一的好。家里并没有过多的抱怨，女人是要用买的，出的钱不够，自然没有水灵姑娘上门来。"他想了一想，说："后来我算是长了些出息，见了些女人，可惜不觉得女人是有感情的，再有钱的女人跟男人好也是为钱。这两年光景差了些，人也老了疲了，可是却也找不到什么人了。贴我上来的，我曾经就见过无数贴我上来的女人，自然还是比现在的这一批要美貌些。至于讲点感情的，从前我不懂女人的感情，现在也没有什么我看得上眼的女人愿意给我这个机会了。"

我望着金先生，不说话。他又继续说："所以你得相信，我对你是有怜悯的，我见到你时，我是懂你吃的苦的，我明白虽然说起来有些屈辱，但是被选中也算是你这样孤苦的穷孩子的造化。"

我淡淡地笑了笑，说："可惜造化弄人，当年真如戏，今日戏如真。今日见你，也了却些心事。"

金先生伸出手来握住我的手说："这么多年，为难你了。"

我看着他，他已经不是从前那个不怒自威、叱咤风云的金总了，他像一个普通的经历中年危机的男人，怀古伤今，絮絮叨叨。

我清了清嗓子，说："我现在和蓝斯顿在一起。"

金先生缓缓地把手缩了回去，眼里的柔情被他曾经一贯的冷漠礼貌覆盖，他看着我，说："蓝斯顿倒是一向喜欢你的，希望你能够开心。"

我看着他，希望我的话伤了他的心，可是他的腰挺得直直的，坐在那里，依旧慢条斯理地拨弄着眼前的食物。

金先生听说我开了店，坚持说要买两件衣服给未来的女朋友，要我挑最显身材的几件卖给他。

说说笑笑吃完一顿饭，金先生并不送我，只是问我要了店的地址，说会叫秘书去拿衣服付钱。

我看着他的背影，想到在上海的那天晚上，我们第一次在一起。

我以为我已经忘记，可是还是记得。一个女孩出现在那间不该出现的房间里，她毫无防备地站在他的目光里，她不敢看他的眼睛，他那样怜惜过她的眼睛。

她看着他进入她的身体，她想哭，可是却笑了，她想她是疯了，出现在这样一个男人的床上。任由这个人温柔地爱抚她年轻的受伤的苍白肌肤。

她想象着所有人知道这件事时的表情，越发觉得可笑。这个世界，她什么时候开始这么恨这个世界。她不知道。

她很清晰地知道，她不爱他，她只是借由他有力的身体来证明自己的存在,用以完成她对这个世界的憎恨。

打了车去上东区,我似乎没有吃饱,胃里翻滚得厉害。阳光明晃晃地打在车窗上,又是一个春天。

陆 岳大概是个骗子,他说的所有故事,关于汤普森的,关于官山集团和汤普森交易的,还有关于他自己的,大概都是假的。如果汤普森的女儿已经死了,他怎么能把财产留给她?基金会的事无疑已经证明是假的了,金先生也并不认识他。可是我突然想到,证监会的确是没有再找过我的任何麻烦,难道这也是他演的戏?那么官山自然和他是一伙的,可是他这样大费周折地恐吓我,究竟有什么意义呢?

蓝斯顿晚上邀我参加他们公司组织的活动,我问他:"罗斯从前参加过你们公司的活动吗?"蓝斯顿平静地说:"参加过,但是我现在的女伴是你,以后也是你。"

不知道从什么时候开始,我最大的爱好变成了对着镜子梳妆,腰肢摇曳地选礼服,想象即将到来的灯火通明,男人炙热的目光,女人的媚眼如丝,秋波流转。那种时候,只要你是个美人,多多少少是会误以为自己很重要的。

我选了一条藕荷色羊绒溜冰裙,领口是繁复的珠花和刺绣。涂了同色系的眼影,扫了点浅粉的腮红,把头发打毛,松松地编到头上。Dolce & Gabbana 的金丝绒镶宝石裸粉色 Mary Jane 高跟鞋。

看着镜子里的自己，纯洁得像和这个世界还不相识。我也不知道自己为什么要这么打扮，也许只有这样才能赤裸裸地告诉世人，我还很年轻，不谙世事。

蓝斯顿见到我的时候有些意外，他似乎并不介意我的风格大转换，把我一一介绍给同事们，大家和我很热络地聊天，赞美我的年轻美貌，仿佛罗斯从来没有存在过。

晚上蓝斯顿送我回家，我累了，头枕在他的腿上休息。他抚摸着我的头发，轻轻地说："薇若妮卡，你真的还是个孩子，一个美丽的孩子。有时我想，也许我不过是你的一个玩具，你新鲜了一阵，看到新的玩具，就会毫不留情地跑掉。"

我迷迷糊糊听着他说这句话，笑笑说："我是野孩子，没有玩具，好心人不过收留我一阵，就会不要我的。"

蓝斯顿俯下身去，说："野孩子，我给你一个家好不好？"

我伸手抚摸他的脸颊，他的脸柔软温暖，我慢慢睁开眼睛，笑着说："谢谢你，我不要那么奢侈，我就要一张羊绒毯子，我会乖乖的，悄悄的。你不要把我赶走。"

蓝斯顿探过头亲吻我，在阿姆斯特丹的晚上，我吃了魔幻蘑菇躺在酒店的天台上，听着楼下的声音潮水一样打在我的耳朵上，又消失不见。白天冷漠晚上狂热的人群是假的，橱窗里疲惫卖笑的肉体是假的，梵·高的星空是假的。唯有我是真的，我的心跳是真的，我翻滚的欲望是真的。蓝斯顿现在的吻是真的，如此黑暗，如此温暖。

我不知道我为什么会哭，我知道这一切终究都会消失，是太阳升起后的雪崩，一切在阳光下蒸发成薄纱般的雾气。我害怕，我不止一次的害怕，男人们走近我，给我爱情的幻觉，然后在我措手不及时离开。

蓝斯顿替我放了洗澡水，点了琥珀的香薰蜡烛，在洗澡水里滴了玫瑰精油。

蓝斯顿轻轻地褪了我的衣服，抱着我把我放进水里。"水温合适吗？公主？"他轻轻地问。我眯着眼睛点了点头。

蓝斯顿用水冲洗着我的身体，浴缸里翻着泡泡，水汽氤氲，他眼里的温情如此模糊不清。我坐起来，微笑地看着他，伸出手去，捧着他的脸颊轻吻他。"来，蓝斯顿。"我轻轻地说，"占有我。"

蓝斯顿走进水里，他的头发湿了，他的嘴唇湿了，他的眼睛依旧干燥。

水波一层层地打在我身上，我是一条人鱼，望着阳光，缓慢搁浅。我要窒息。

如果这个世界就在这一秒毁灭该有多好，这样我便拥有了永恒。

蓝斯顿把我从水里抱出来，替我擦干身体，替我穿上睡衣。"你的身体里承载了太多的悲伤，薇若，我在你身边，你安心睡觉。"

我轻轻地笑笑。眩晕中睡了过去。醒来时，不知是几点，蓝斯顿在我身旁发出均匀的呼吸声。窗外几座标志性大楼依旧亮着灯，晚风清凉，打在我裸露的小腿上。我曾经遇见过一个年轻的男孩子，他的笑容像早春月光下飘落的樱花，可惜，少年人的爱情太过纯粹，纯粹得经不得现实、金钱的考验。

我还是幸福过的，这已经够了。让时间给那些故事定格，记住美好，剩下的就随风去吧。

有一天我会不会变成一个早上起床煎蛋热奶，关心衣服有没有熨好，超市打折时去扫货的庸常女人呢？是否有人会把我从这腥膻的青春中拖出来？我不知道。

我是幸运的，上帝是爱我的，让我见过了你们这么多的人，熙熙攘攘，依旧孤独。

我不知道自己是从什么时候起爱上蓝斯顿的,也许不过是他身上那淡淡的香气让我误以为自己又回到了曾经在英国的岁月。已经好几天没有去上东区了,也没有去苏,我住在蓝斯顿的公寓里画设计图,等他回来。

蓝斯顿有时很晚很晚才回来,一进屋,就看到黑暗中我的眼睛。他轻轻地抱着我,说:"薇若妮卡,我们还有很多时间,你不要爱得如此用力,你会筋疲力尽。"

我把头埋在他的怀里,还好,还是我等待的温度。我半夜总是醒来,看一看蓝斯顿在不在我的身边,我怕只是我一个人沉沉睡去,他没有回来过。

蓝斯顿的公寓很高,晚上的北京很美,像淋湿了的灵魂。我打开窗子,把两只脚伸出去,缓缓地站起来。贴着冰凉的玻璃,风低声咆哮着一次次卡住我的喉咙。我想,我只要稍稍有一点不小心就会掉下去,像一只疲惫的鸟。我如此着迷,也如此清醒,这是我每天晚上的游戏。

我把新的样衣拿去苏时,小店员看着我,说:"苏姐,这些衣服里也许有一个哀伤的爱情故事。"

我笑笑说："如果有一天我得了忧郁症，也许是因为爱上了什么人。"

陆岳这两天持续地给我打电话，我神出鬼没没有接，苏的店员也说他来找过我，可是很不巧的是我那两天都没有去。我不知道如何面对陆岳这桩麻烦事，所以干脆逃避，虽然我也清楚逃不了几天。

晚上的时候，我问蓝斯顿，陆岳会不会去证监会告发我，把我送进大牢。蓝斯顿听了后哈哈大笑，说："居然还有这样一桩事，你放心好了，这件事他们公司的麻烦比你要大得多，首先你连执业资格都没有直接成了交易部门的高管这个就够他们受的了。你完全可以说你对于自己的行为根本没有概念，根本不知道自己犯法了，拖公司下水。总之，如果这件事被摆平了，也一定是公司把它摆平的。你不用担心。"

听了这话，我顿时如释重负，蓝斯顿握着我的手，说："你最近不要去店里了，换个手机，这个陆岳是个流氓，他只是想利用你敲诈我的钱，汤普森曾经买给薇若妮卡的保险的受益人转让成了我，汤普森一死，我拿了保险公司一大笔钱，他想必是知道这件事，想敲诈我。不过你放心，他什么也得不到，他根本没有我的把柄，他只是想利用你找我的把柄。"

这一切实在是太奇怪了。不过，我终于解放了，这实在是一件值得把香槟喝尽的好事。

我靠在蓝斯顿身上，对他说："我们找个地方旅行，离这些倒霉事远远的，你说怎么样？"

蓝斯顿用手指勾了勾我的鼻子，说："我也很想去，宝贝，你等等我，不会让你久等的，最多一个月，我们就飞到斐济去度假，谁也找不到我们。"

我满足地看着他，从床上跳起来给我们做晚餐。第二天早上蓝斯顿出门后，我去楼下喝咖啡。楼角闪过一个曾经熟悉的身影，追过去，可是人已经无影无踪。在那一秒，我甚至怀疑我的眼睛出了问题。

那个人，是罗斯。

我呆呆地站在那里，天旋地转。这完全没有任何道理，他们就算约会怎么会选择在他家楼下？一定一定是我看错了，或者想多了，她也许不过正好路过这里，躲在楼角触景生情。

可是，蓝斯顿的公寓丝毫没有女人待过的迹象，他公寓里的一切都不是罗斯有可能喜欢的样子。

我需要坐下来，我需要一杯咖啡，一杯双份浓缩。我不知道该怎么办，我知道我的好运总是来得不长。

看着自己的手，像一片风中颤抖的可怜的叶子。不行，我要搞清楚，我颤抖地拿出手机，拨了蓝斯顿的电话，他有些意外，问："宝贝有什么事？"

我咽了一口吐沫，说："我在公寓楼下看到罗斯了。"

蓝斯顿那边沉默了短短的一秒,说:"宝贝,不要担心,她来给我送落在原来公寓里的文件。你在哪里?我去找你。"

我吸了一口气,说:"不用了,你好好上班吧,我没事。"挂了电话,我呆呆地看着来来往往的人群,当然,他不会说他们之间有什么,他对我的兴趣还没有消失殆尽。男人不过是骗子,女人清楚地认识到这一点的原因是他们的骗术不够高明。

可是我呢,我应该怎么办。也许我应该继续搞清楚那笔钱的事,这样不管陆岳是什么来头,至少他以后不会再纠缠我。然后离开蓝斯顿,专心致志地当我的设计师。把苏和上东区的牌子换了,这样他们便会以为换了老板,他们这种忙人,是不会有心情到店里一探究竟的。

放弃蓝斯顿,一定要放弃蓝斯顿,不然我只会毁掉自己的生活。我的眼泪掉到咖啡里,想起十多年前流行的一本小说叫《爱尔兰咖啡》,矫情无比地说做爱尔兰咖啡需要加眼泪,可是咖啡加了眼泪只会让我放弃喝它的想法,我不是一个浪漫的人,我是实用主义。

男人并不爱女人,他们只是需要有个地方安放自己的荷尔蒙。我并不可以允许自己真正地爱上哪个男人,否则不过是中了他们的计,赔上了我自己。

我坐在那里,坐了整整一个小时,还是无法下定决心拨通陆岳的电话。万一蓝斯顿说的是真的那该怎么办。

下午蓝斯顿就回来了,他回来的时候我正在画图,砂锅里的鸡汤咕嘟嘟地翻着小泡。蓝斯顿走进来,说:"好香啊。"我走过去看着他,他一脸轻松,似乎并没有发生任何事。

蓝斯顿俯下身子轻轻地亲吻了一下我的额头,他的目光在我的脸上停住了,伸出手捧住我的脸,低声说:"宝贝,你哭过了?"

我不说话,低下头去。蓝斯顿拍拍自己的脑袋说:"天啊,我做了什么啊,我怎么这么蠢。"

我听他这样说,眼泪控制不住,毫无羞耻地流了出来。蓝斯顿一把把我搂到怀里,说:"你和我在一起流了太多眼泪了,宝贝。我不知道该怎么办。"

蓝斯顿把我牵到沙发边上,叫我坐下。他替我擦擦眼泪,说:"不要哭了,小东西。我的小洋娃娃,我会好好地照顾你。"

我看着他,一字一句地说:"我不信。你和罗斯那么久,若是你依旧爱她,就请走吧。"

蓝斯顿在地毯上跪下来,轻轻地亲吻了一下我的手,说:"我的公主,罗斯是六便士,而你是月亮。"

我抬起眼看着他:"你喜欢毛姆?"

蓝斯顿靠近我,捧着我的脸,温柔地说:"我喜欢毛姆,可是我爱你。"

我绞着手指,回避他的眼神,说:"我不知道你是不是在骗我,也许你一直在骗我。"

蓝斯顿松开手,站起来,替自己倒了一杯白兰地,说:"我的爱情便是这样了，我尽了自己最大的努力去爱你。小薇若，等你老了便会明白，青春不过是一场荷尔蒙的狂欢，待你没有那样年轻了，当你说爱一个人，那你便肯定是爱着她的。"

我不说话，蓝斯顿缓缓地转过身来，温柔地说："你依旧困惑，你不愿意说那几个字，没有关系，我有整整余生可以等。"

我看着他，这个眼睛像孩子一样的男人，我轻轻说："我得把自己灌醉了，才有勇气相信你。"

蓝斯顿替我倒了一杯白兰地，说："我们得找个地方好好吃一顿，我的小薇若妮卡。你厨艺超群，但是我们得换换口味。"

我看着他说："我们可以去 Mio 吃意大利菜。"

蓝斯顿眨眨眼睛，说："只要不吃英国菜，亲爱的。"

Mio 是在北京我最喜欢的意大利餐厅，虽然环境不像很多餐厅弄得无比浮夸，可是禁不住好口味。

酒足饭饱后，蓝斯顿对我说："我有东西给你，薇若妮卡。"

蓝斯顿从后备厢里拿出一个橘红色的盒子，不用说是爱马仕。

他把盒子递给我，笑着说："打开看看。"

盒子沉甸甸的，应该是一个手包。我深深地吸了一口气，打开了盒子。一个黑色闪钻鳄鱼皮铂金包！

我觉得自己快要晕过去了，捧起包，一个高档地段小公寓的首付就这样被我捧在了手里。

我抬起头，不可思议地说："你怎么弄到的，这可不好买。"

蓝斯顿说："我有朋友是法国精英企业协会的副会长，喜欢吗？"

我看着蓝斯顿，说："那个朋友是罗斯吗？"

居然正中红心。蓝斯顿不置可否地看着我，他伸出手，说："那你还给我吧，我这次的讨好行动以失败告终了。"

我拿着盒子扭过身去，说："这是我的铂金包，谁也别想拿走。"

蓝斯顿哈哈大笑，感慨道："女人啊，真是让人无法理解。"

我抱着铂金包，坐在副驾上，有些心满意足。什么样的男人会动用前女友的关系给现任买礼物啊，而且买的是铂金包。这样的男人，前女友大概也是心灰意冷得不会再有想法了。

我人生中的第一个铂金，直接晋级到鳄鱼皮闪钻款，作为女人的 must have list 上又少了一项。

蓝斯顿拨弄一下我的头发，说："这样你就开心了？"

我像小鸡啄米似的点头，一个抱着鳄鱼皮铂金包的女人心情是不会太差的。

第二天我拎着新包去了苏，两个小店员凑过来，羞涩地说："我能摸摸它吗？"我自然是骄傲地点了点头。

中午的时候，陆岳来了。我看到他，愣到了那里。我应该少来店里才对。

陆岳阴沉着脸说："你把事情办砸了？"

我低着头，不说话。陆岳说："你离开蓝斯顿吧。不要再提任何我的事，包括我来找你的事。"

我望着桌角上骄傲地立着的铂金包，抬起头，对陆岳说："我爱上蓝斯顿了，你根本没有任何权利对我指手画脚。"

陆岳不相信似的看着我，说："你脑子坏了吧，你爱上蓝斯顿了？不行，你必须得离开他，不然你就到监狱里去当金亓的狱友吧。"

我冷笑一声，说："我见过金先生了，他好得很。"

陆岳握着拳头，在自己的手掌上敲了两下，咬着牙说："很好，你把一切都毁了。"

我又说："你就是一个经济诈骗惯犯，不要拿那些神神秘秘的组织唬我了。"

陆岳看着我，半晌，抬起眼来，我以为是自己的错觉，他的眼里居然有一点温柔，他缓慢地说："你快走吧，我放过你了，答应我，走得越远越好。"

我皱着眉头，陆岳走过来，冲我笑笑，轻轻地抱了我一下，说："祝你好运气。"说完头也不回地走出了苏。

小店员战战兢兢地走过来，说："姐，上次来咱们这儿买了一堆代金券的公司，可能和他有关系，上次他在店里等你，一个拿代金券的女孩来挑衣服，他们认识，还聊了两句。"

我烦躁地说："不可能，他在官大公子的公司上班。"

小店员不再说话。我看着她说："去帮我到对面拿杯咖啡。铂金包的好心情完全被他毁了。"

我看着我的衣服,也许陆岳的事算是彻底地处理干净了。想到蓝斯顿的笑脸,我终于可以心无旁骛地和他在一起了。也许我们可以离开这个城市,开始新的生活。

蓝斯顿,我的蓝斯顿,甚至只是想起你的名字,我已经情不自已。我平庸空洞的身体里,装满了对你的欲望,我的灵魂被这欲望点着,无法安睡。每一天的天空都是值得纪念的。

蓝斯顿周五的时候，发来短信，说公司有事情，要晚一些回来。我独自一个人吃着外卖的比萨，瞥了一眼墙角衣架上的小礼服，那是我今天花了一整天做出来的样衣。我看了一下表，突然想出一个绝妙的主意，踢掉拖鞋，跑到卫生间，洗脸，上妆，然后穿上了样衣，看着镜子中的自己，细长上挑的眼线，带着细细闪粉的珊瑚红嘴唇，眼角点的黑痣，酒红色丝绒包身连衣裙，真真是个美人儿。

穿上丝袜，挑了一双红色蕾丝 Dolce&Gabbana 高跟鞋。披上红色军装羊绒大衣出门，我想我一定能够给蓝斯顿一个惊喜。

打车来到蓝斯顿公司楼下，这是我第一次做这种"惊喜"的事，不由得有些紧张。走进办公楼，前台懒洋洋地问我去哪儿儿，一抬眼看到我的脸，说："噢，你是劳伦斯先生的女朋友，哦，活动不在这儿，在对面酒店宴会厅。"我微微皱了皱眉头，说："这样，我记错了，谢谢你。"前台身体向前一倾，看着我的鞋子，说："鞋子超级美，妆也好漂亮，好运哦。"我勉强地笑笑，冲她致谢，转身走了出去。

站在酒店的门口，我犹豫到底要不要进去。也许我会让蓝斯顿尴尬，可是既然前台都想当然地以为我是来参加活动的，那么想必这个活动是可以带 plus one。这个月以来，蓝斯顿除了小范围的商务会谈，几乎所有的应酬都会带着我，也许这次不是很方便，想想看还是不要让他尴尬。

我看看表，时间还早，看来这个晚上需要一点特别，或者戏剧性。我昂首挺胸地走进了酒店。来到宴会厅时，迎宾已经不知所踪，我顺利得不用费任何口舌就进了会场。美酒，小食，一屋子的莺莺燕燕。侍者替我存了大衣，我招摇着那一身银河般的丝绒，腰肢摇曳地走了进去。也许男人分不出，但是即便是浓妆艳抹，锦衣华服，女人还是一眼可以分辨出这些女人中谁是混日子天天想着碰到个高管把自己抱回家的前台，哪些是兢兢业业步步为营的小白领，哪些是和男人平起平坐的女高管，哪些是只图有个工作听上去好听的二代。

女人的脸、脖子、手、皱纹、指甲都比她们的嘴唇和眼睛要可信。而这个会场，没有我的对手。在女人们战争的第一回合，永远以年轻美貌论成败。

我绕了一圈，没有看到蓝斯顿，向阳台望去，有两个身影背对着我，其中一个很像蓝斯顿，另外一个，我不得不赞扬一下她的礼服。

抖了抖落在自己礼服上的惊艳目光，我大步向前，推开阳台的玻璃门。

走到蓝斯顿背后,趴在他的耳朵上,轻轻地说:"嗨,蓝斯顿。"

蓝斯顿一下扭过身来,看着我,一脸的尴尬,不知道该说什么。他身旁的女郎吐了一口烟圈,转过脸来,淡淡地跟我打了个招呼:"嗨,薇若妮卡。"

我怔怔地看着她,我觉得自己的眼圈要红了,得离开这儿,否则我会失态。

我吸了一口气,说:"铂金包很喜欢,谢谢你,罗斯。"

蓝斯顿在旁边长长地舒了一口气。他以为凝固的空气变得松软起来。

罗斯看看我们,说:"你们聊,我进去了。有点冷。"

我看着蓝斯顿,问:"这是什么活动?"

蓝斯顿说:"庆祝我们公司季度销售额破五亿。"

"对哦,是很值得带着前女友来庆祝。"我讽刺地笑笑。

蓝斯顿看着我,我觉得他此时恨不得自己死掉,他说:"薇若妮卡,我必须告诉你了,严格意义上来说,罗斯是我的妻子。"

"你的妻子?你的妻子倒真是大方。"我扶住栏杆,斜着眼睛笑着看着他。

蓝斯顿为难地说:"薇若妮卡,不要这样,你也看到了,我们已经分居了,在我们的传统里,我是有约会别的女孩的权利的。"

我走上前去,手指轻轻地划过他的脸,然后毫不犹豫地扇上去,歇斯底里地吼道:"在我们的传统里,我叫小三!"

外边似乎要致辞,有个人推开门叫我们出去,当然,很不幸的,外边安静地等待致辞的人及这个正好撞到枪口上的倒霉蛋都听到了我的话。

我想我赢过了罗斯,才用了一秒钟就轻松盖过了她这么多年的风头。

我抿抿嘴唇,对外边说了一句对不起。低头快步地离开了。在我走出去的前一秒,听到罗斯说:"大家不要介意,我和蓝斯顿是开放式婚姻。"

我一秒也忍不了,怕极了我会哭,一路小跑冲下楼去。也许我跑得太快,蓝斯顿没有追上来。

回到蓝斯顿的公寓,收拾东西。我收拾得很慢,也许心里有一点期待,蓝斯顿会回来,阻止我,用尽他的一切手段阻止我离开。

从蓝斯顿的公寓走到我的公寓要十五分钟,可是我不知道走了多久,我想这不是下雨的原因,也许是因为我伤心了。女人得有自己的一个房间,还有钱。伍尔芙说得真好,她不提爱情。

躺在自己的地毯上,长长的驼绒比蓝斯顿的短羊毛地毯舒服太多。我甚至不愿去泡澡,湿湿的头发贴在头皮上,带着潮了的土味。

我房间的味道混杂了灰尘,依旧温暖熟悉。我需要好好睡一觉,恋爱太费神,恋爱的女人老得太快。蓝斯顿爱的不过是曾经在雾气中离去的脆弱笑容,一个隔着生死的影子,不是我。我也许并不爱他,只是冷,我想在寒冷的冬季,有个人抱着我取暖,可是寂寞让我愈加的寒冷。

我被自己的喷嚏弄醒了,在地毯上睡了一晚。我想我感冒了,站起来,头有些痛,镜子里的自己面部浮肿,头发像一窝稻草。

　　手机安静,蓝斯顿没有打来,它没电了,也许蓝斯顿有打来过。

　　洗了一个澡,什么也不想做。打开电脑,叫了外卖,找到了很久以前追过的英剧。我想找一包纸巾,以防自己会哭,可是没有找到,想想看自己的泪水从来都是酣畅淋漓地腐蚀我的脸,一遍又一遍,也觉得爱都爱过了,留点泪水不擦掉不是大事。

　　傍晚的时候我开始发烧,躺在床上,生病比失恋痛苦,我一定是没有爱得太深过。我终于哭了,不是因为难过,而是我想这样一定能够帮助我降温。

　　我的眼泪滚烫,比我的欲望还要滚烫,比你的嘴唇还要滚烫,比一切去死吧的爱情都要滚烫。

　　头痛得难受,我开始翻箱倒柜地找布洛芬,可是只找到了西瓜霜。我看着镜子里的自己,实在是没有勇气下去买药,决定扛过这个晚上。

凌晨2点，我头上依旧顶着冰袋无法入睡，突然有敲门的声音。迷糊中的我一个激灵坐了起来，蓝斯顿，一定得是蓝斯顿。永远深夜造访说一堆故事骗骗眼泪的蓝斯顿。

我想稍微梳妆一下，可是显然已经没有那么多时间了，算了，反正都是没有关系的人了，我也不要太过在意我的最后一个转身是不是足够华丽。

打开门，罗斯站在门外。我看着她，不明白自己运气为什么会这么差。

我说："你有什么事明天再说行吗？我今天发烧，麻烦你放过我。如果你是来要包的，我现在还给你。"

罗斯皱了皱眉头，伸出手来摸了一下我的额头，摇了摇头，说："可怜的孩子，你吃药了吗？"我摇了摇头，说："我打算扛过去。"

罗斯吸了一口气，说："你等等，我去帮你买药。"

我看着她，说："不必了，快走吧。"

罗斯瞟了我一眼，向电梯走去，她摁了电梯，又转过身来，说："你等着。"

我关上门，洗了一把脸，看来我这辈子是没有办法睡一个完整的好觉了。

点了一根蜡烛，坐在沙发上等罗斯。过了大概20分钟，敲门声如约而至。

罗斯拎着一个大袋子走了进来,她走到厨房,哗啦一下把袋子里的东西倒出来,好几块蒸蛋糕和一罐黑糖姜茶罐头。我坐在沙发上,她替我烧了热水,冲了姜茶。她像是在照顾自己生病的姐妹,这让我感到浑身说不出的难受,可是又实在很需要这种照顾。

她给自己也冲了一杯姜茶,大概是不想被我传染。我喝了茶,吃了药坐在那里看着她。

罗斯说:"抱歉,我恐怕得出去抽根烟,算了,我改日再来找你,你躺下休息吧。"

我无所谓地瞟了她一眼,说:"你在这儿抽吧,既然来了,就把想说的话说了,省得我们还要再尴尬会面。"

罗斯点点头,并不客气,抽出一支女士香烟,烟草和琥珀蜡烛的味道混在一起,十分奇妙。

罗斯看着我说:"我就省去抱歉打扰你的那部分了,蓝斯顿说你晚上很晚睡。我想毕竟他做过我的丈夫,我还是有权利打扰你的。"

我点点头,有气无力地说:"声明一下,蓝斯顿来找我时他说他已经和你分手,他甚至没有说你是他妻子。"

罗斯笑笑,说:"宝贝,你竟然相信男人的这些话。"

我短促地冷笑一声,说:"你找我什么事。"

罗斯站起来,走到窗边,坐到窗台上,说:"你看,我是半个法国人,我并不在乎蓝斯顿在外边讨什么小情人的欢心,我也有不少的知己。夫妻结婚几年，总是得分居一段日子呼吸呼吸新鲜空气的，不然这日子太过苦闷怕是坚持不了一生。"

我摇了摇头，笑着说："我替你们两只小鸟重燃了激情？喔，谢谢我。"

罗斯说："蓝斯顿恐怕是真的爱上你了。可是我没有把这个分居当一回事，直到我发现对方是你，薇若妮卡。"

我不可思议地看着她，说："所以如果是别人，你根本不会插手这件事，直到有一天发现，哇，老公不见了哦。"

"蓝斯顿离开我的代价太大了，他可以远走高飞一阵子，但是总归得尽快回来，他公司的股票有一半是我的，他的银行账户也和我是联名的，甚至几座房子都是我的名字。我不晓得他离开我该怎么办。"

"有道理，所以你是来要包的了？"

"包是我送给你的，只是蓝斯顿当时说是送给他妈妈的生日礼物，你是尽可以背着那只包的。说实话我曾经很喜欢你，虽然你是金的小女朋友。我只是想告诉你，最好自己消失，否则纠缠下去会很难看。"

我点点头，站起来，说："罗斯，我不会纠缠的，你放心吧，现在如果你不介意，我得休息了。"

罗斯点点头，自己开门走出去，临出门又冲我说："你自己保重身体。"

我看着她关上门，世界一下清净了。也许是药发挥了作用，我昏昏欲睡。

第二天起来，烧已经退了，虽然还是有些疲惫，不过倒也神清气爽。

走到厨房，清理了一下昨天晚上的垃圾，喝了一杯蜂蜜水，吃了一个蒸蛋糕。推开门，准备去扔垃圾，发现了躺在门口睡着的蓝斯顿。

我承认自己开心地想把他摇醒，蹲下来，看着他，男人睡着的时候总是像个孩子，露出了他们的本质。

蓝斯顿在我的目光中终于醒了。我看着他，笑了笑，他也笑了笑，说："早啊，公主。"把他领进屋，替他冲了一杯蜂蜜水，又拿了一个蛋糕给他吃。我告诉他，这是罗斯买的蛋糕，并把昨天发生的一切告诉了他。

蓝斯顿耐心地听完，虽然关于钱的那段想必是伤了他作为男人的自尊。蓝斯顿放下蛋糕，拉着我的手说："薇若妮卡，我爱你，不要质疑这一点。至于罗斯那天为什么会出现，她是公司邀请的，我知道她会来，所以没有叫你。"

我看着蓝斯顿，说："这又有什么关系呢？蓝斯顿，她依旧是你的合法妻子。"

蓝斯顿看着我说："很快就不是了，薇若妮卡，我的好薇若妮卡，我们两个是注定的，罗斯是个沉重的错误。"

我看着蓝斯顿，说："我是我，一个彻彻底底的中国人，不是你的前妻，你确定你爱的是我？"

蓝斯顿痛苦地摇摇头，说："这又有什么关系，我的皮肤渴望你的体温，金钱的味道比不过你的芬芳，我还要拿出什么例子说明我爱你？"

我低着头沉默，过了很久，我缓缓地抬起头，说："也许我们太过迷恋对方的身体，所以忘记了对方除了身体之外还有一颗心。"

蓝斯顿走过来，抱住我，说："那好，我们甚至可以约定不做爱，我们去看电影，唱歌，拍大头照，穿情侣衫，做那些傻傻的事。可是我告诉你，我们终究会放弃这些无聊的事，直奔主题，薇若妮卡，如果你的身体渴望某一个特定的人，如果你对她的欲望快要从你的喉咙里溢出来，那是最直接原始深刻的表白，这是骗不了人的。"

蓝斯顿抚摸着我的皮肤，我的皮肤着了火，我听到它嘶啦啦地裂开，开出一朵朵火红的木棉。"哦，不，蓝斯顿，你会害惨我的。我不过是个只能靠自己的女孩，你得放过我。"我小声地哀求着。

蓝斯顿看着我，说："别说话，听我的呼吸。我的欲望是对你的赞美。"

我闭着眼睛，我不知道一切如何开始，我知道我无法让它结束。结束是空虚，是冷。

我是一只明天早上就会死去的飞蛾，用尽一切扑火的姿势拥抱我的温暖，拥抱我的绝望，我冷了那么久，孤独了那么久。

也许这是我最后一次见蓝斯顿，他对我的爱欲到底是不会抵得过穿着定制西装吃 500 块一次的早餐的诱惑，他要记住我，当他被无聊的婚姻终于逼到苍老时他会想起曾经有过一个我，我发热的皮肤，绝望的眼神，我的笑容。

醒来时天已经全黑了，蓝斯顿睡得不省人事。我起身去给自己煮了一碗面条，不知什么时候蓝斯顿也醒了，捂着脑袋靠着门看着我。

"公主，我也饿了。"蓝斯顿眼巴巴地看着我手中的面。我笑着叹叹气，随手又替他下了一碗，打了两个荷包蛋。

蓝斯顿走过来吻了吻我的头发，说："我们离开这个鬼地方，公主。罗斯什么的见鬼去吧。"

我鼻子有些发涩，抬起眼睛，说："蓝斯顿，你会损失很多钱，很多钱。"

蓝斯顿深深吸了一口气，说："薇若妮卡，你给了我很多钱啊。"

我不解地说："什么？"

蓝斯顿说："汤普森当年留给薇若妮卡的保险，我继承了，罗斯完全不知道这件事。"

我有些不知所措，说："蓝斯顿，我还没有想好，我的一切都在北京。"

蓝斯顿笑笑说："薇若妮卡，说说你的一切都有什么？"

我仔细地想了想，抬起头，看着蓝斯顿，说："你。"

蓝斯顿一把把我揽到怀里，说："公主，我想吃面。"

蓝斯顿说他要准备一下，交接一下公司的工作，这两天之内就飞去美国，然后去墨西哥。我说："你要辞职吗？"

蓝斯顿摇摇头，说："亲爱的，我要消失。辞职需要太久，而且罗斯必然会知道这件事，我只能消失。"

我深深吸了一口气，说："蓝斯顿，你会把你的职业生涯输得干干净净。"

"难道你让我输掉你？"

"蓝斯顿，走这一步的话，我们都没有退路了。"

"可是你依然愿意和我走这一步，不是吗？"蓝斯顿又用他温柔的融化巧克力的眼神看着我。

我还能说什么呢，除了把头深深地埋在他的怀里。蓝斯顿走后，我进入了恍惚的状态，原来这个世界上真的有人是如此的渴望我。

我的店呢，我的店怎么办，我的设计怎么办，我过两个月的时装秀怎么办？我有些头痛，如果我就干脆地走了呢？上东区继续运营，苏只能关张。经理每个月把钱打到我的卡上。总归去美国的话，我肯定还是可以隔一段时间自己回来。只是不要告诉任何人，想必罗斯也不会天天守在我的店里，作为半个法国人，她有太多情人要去爱，她很快就会忘记我的。只是蓝斯顿，这么闹一出，估计不会再有大公司愿意收他，不过既然他还有那么多钱，我更应该担心的是自己，而不是他。

我打开自己的银行账户，不过二百多万人民币，就算上东区能在我不在的情况下经营良好，每个月给我贡献和现在一样的钱，可是一不可能打到国外的账户去，二是那也不过每个月给我进账一万多美金，我是一个用 Leonor Greyl 洗发水，把 sisley 全能乳液当身体乳，衣服一身单价没有下过五位数，鞋子也是 500 美金起步，每周要换新鲜芍药，每个月烧香蜡的钱就要几千块人民币的人。如果蓝斯顿和我之间有什么意外，让我靠一万多美金（这还是最好的情况）解决自己的吃穿用度还有租公寓和高额的牙医费用，既然是在美国，我还得给自己买一辆至少三万美金的车子，这实在是不可想象。而那二百多万，一旦把它们花在了国外，我就彻底没法回头了。

至于蓝斯顿的钱，他是一个外国人，外国男人是不会对金钱太大方的，你可以住他的豪宅，坐他的游艇，在他的游泳池里假装自己是美人鱼，可是你休想拿一个子儿。何况蓝斯顿是有婚姻的人，就算是这事闹上法庭，陪审团也会用吐沫把我淹死，何况，欧洲人的恋爱观是我们一起度过的时光而不是我在你这个混账身上花的时间。

我有些犹豫，女人为爱情犹豫的时候多半是因为钱。而主动和一个男人讨论这方面的问题无疑会毁了爱情。其实我是个过着标准中上产阶级生活的穷鬼，我的积蓄甚至无法在我的店旁边买下一个两室的小公寓。

不管怎么样，也许我应该先走了再说。这一生，总得有一次为爱情发了疯，不管有多爱这个人，这种疯病已经足够让人神往。

只是可惜了苏，只能先撑着再说，万一有什么变故有苏总好过从头再来。我细细地化了妆，找出了一身很多年前在英国买的香奈儿套装，戴了一串黑色的海水珍珠项链。打了车去店里。

我分别到两家店开了两场会。通知了她们我要出国一段时间，过一阵就会回来，明确了在我不在北京时的店长职责及汇报工作机制后在上东区用了最后一顿早午餐，再看一遍在我店里来来往往的人群，相熟的和不相熟的客人。生活既然在哪里都差不多，就找个不同的人在新鲜的地方过。

回到家里，准备打包，发现平日里每件衣裙都是我的挚爱，而到真正做选择题的时候倒是一件也不想带。舍不得的是我的泡泡浴、地毯、羊毛拖鞋、书和那一堆的高跟鞋。

也许应该买两个大箱子，我只有一个随机走的行李箱而已。私奔这件事，虽然拎个小包就上阵的确气势上帅气无比，可是终归不经济，杜十娘还知道带着百宝箱呢。

我看着自己那只身经百战的 LV 行李箱，终于碰上了自己的运气，可以跟着主人一起私奔，跑到楼下去买了两只大大的 Rimowa 行李箱。

下午时，蓝斯顿没有打电话来，我想去了美国大概是无缘火锅了，虽然听说洛杉矶有海底捞和小肥羊。于是就去新光天地吃了一顿鼎鼎香。

天有些沉了,打的士回家,没有卸妆,只是换上了真丝睡衣,我想蓝斯顿每一秒钟都有可能敲门进来。看了三集英剧,蓝斯顿依然连个影子都没有。我开始有些焦急,又不知该如何发作,只好傻傻地等。

凌晨一点的时候,我看着镜子里泛着油光的脸觉得自己无比的可笑。每一次蓝斯顿来都会带来一个凄美的故事或者一通感人肺腑的表白,可是至今为止,他从来没有对我的生活产生过任何帮助,除了和我做爱帮助我平衡了荷尔蒙。我这次,居然在他妻子前脚才走时就信了他那感天泣地的私奔说,也是脑回路明显不够用了。

我发了一条短信给蓝斯顿:想了想早上你的话,觉得不妥。你还是回归罗斯身边对大家都好。

蓝斯顿几乎是秒回:宝贝抱歉,公司遇到很棘手的事,恐怕必须得我来处理,我现在在香港。我们依旧按原计划进行,但是可能你需要给我一周时间。快点休息。爱你。

我看到短信的那一刻,几乎是激动地跳了起来,跑到厨房拿了一块蛋糕,又倒了一杯白兰地,心满意足地大快朵颐。

我回蓝斯顿:好的,祝一切顺利。

这一周蓝斯顿陆陆续续地给我发短信来,一切没有什么异常。可是我越来越害怕晚上醒来时发现罗斯站在我的家门口,就像她上次一样。

对于罗斯,我最初的那一点负罪感已经消失得干干净净。我像所有的情人一样,开始乞求原配的衰老、歇斯底里和消失。

过了大概十天,蓝斯顿来了。依旧很晚,外边没有下雨。蓝斯顿站在门口,犹豫着要不要进来,我看着他,眼泪瞬间就流了出来。我想我不需要多说了,我笑笑说:"蓝斯顿,我一开始没有打算爱你的,你不必为难。希望你快乐。"

蓝斯顿伸出手,摸了摸我的脸颊,说:"我爱你,薇若妮卡,从我见到你的第一眼,一直爱你。到我死去,我都会爱你。可是薇若妮卡,请你忘记我对你的爱,好好地生活下去。"

我闭着眼睛,说:"我会记得,只记得你对我的爱,只记得爱。"

蓝斯顿说:"薇若妮卡,为了自己,请不要恨我,请去爱另外一个可以给你除了爱情还有责任,甚至家庭的男人。"

我伸出手抚摸着蓝斯顿的脸说:"你确定你依旧爱我吗,你确定这不是你在离开我之前最后的安慰吗?"

蓝斯顿咬着牙齿,看着我,他最终还是泄了气,说:"薇若妮卡,我什么都不能说,但是我们之间,真的结束了。"

我看着他,说:"蓝斯顿,再陪我一夜吧。"

蓝斯顿有些犹豫地看着我,我说:"再陪你的月亮一个晚上吧。"

蓝斯顿深深吸了一口气,亲了亲我的额头,转身离去。

我冲他喊道:"蓝斯顿,你是个懦夫。"

蓝斯顿转过脸,浅浅笑了一下,说:"我是个懦夫。"

我想我应该摔上门,可是我无法做到,我看着等电梯的蓝斯顿的背影,他的身体因为我的目光太过焦灼而轻微地颤抖,是的,蓝斯顿的身体总是在颤抖。怀抱我的时候,做爱的时候,也许他是真的有些爱我的,但是他的身体承载不了这些爱欲。蓝斯顿静静地走进电梯间,我顺着门框缓缓地滑下来。我望着自己空空荡荡的走廊,不,我没有爱过他,我谁也没有爱过。我劝说着自己,可是我的身体里满是对他的欲望,我的发丝渴望他的抚摸,我的身体渴望他的重量,我的皮肤渴望他的吻。我似乎在这一瞬间,变得一无所有,他带走了我的火焰。

我抓着自己的头发,为什么总是这样呢,为什么我不可以和哪个男人相爱一次,相爱得长长久久的一次。

蓝斯顿,这个英国男人,这个一颦一笑都勾起我对那些最美好岁月回忆的男人,被我拽入自己的世界,然后他用他的柔情安抚了我的焦虑,让我看到一片完整的更加美好的世界,最后依然是践踏而过。

我坐在地板上,呆呆地看着电梯。我想我是哭了,我的衣襟已经湿润。可是我太过虚弱,我没有力气哭出声来。我的眼泪懦弱得如我的嘴唇,甚至没有勇气问一句。

用衣袖擦擦眼泪,明天还太长,今天需要睡个好觉。我倚着墙站起来。关上门,爬上床。

我以为我会失眠,可是我进入了这些天最美好的梦境。我梦见一个美丽温柔的女子给年幼的我梳头发,她的手指是那样的轻巧柔软,她的嗓音是低声吟唱的夜莺。我不知道自己身在何处,可是一切都是如此的明亮雅致,桌上白色的瓷瓶里插着粉白的毛茛花和木香子。似乎是要到了午茶的时间,纯银的托盘里放着一把银壶、糖罐、两只杯子和茶匙。旁边的两层托盘上放着些点心;桌布也是如此洁白,带着暗纹的刺绣,我似乎可以闻到屋子里带着淡淡奶油香气的橙花味道。女子替我梳完头发拉我坐在桌旁,替我倒茶。她温柔地微笑着看着我,替我拿点心。

这时我醒了,身上一层薄薄的冷汗,我再也想不起那个女人的脸,她的笑容也突然变得诡异无比。我不知道她是谁,我从来没有见过她。突然我明白了,她是我的母亲。

窗外依然一片漆黑,可是我再也睡不着,抱着膝盖,坐在床上,大脑一片空白。

早上七点的时候,我接到电话,上东区的店长。她声音听起来很焦急,说:"姐,你快来吧,上东区和苏着火了。"

我整个人都懵了,顾不上梳妆,抓起包就往外跑。从出租车窗里远远看到上东区周围围了一圈人。我下车提着包小步跑过去,火已经灭了,从外望去,屋里一片焦黑,上东区的门变形倒在了地上。店长张皇失措地站在门口,看到我来,找到了救命稻草般跑过来,一把攥住我的手,指甲陷进肉里,捏得我生疼。

我努力保持镇定,问:"怎么回事?"

她结结巴巴地说:"好像……好像是苏起的火,把这几家店都烧了。"

没过一会儿,警察和几家店铺的店主、房东统统赶了过来。显然这几间铺子是没有买保险的。

弄清起火原因后,一票人围住我,要我赔铺子。我的大脑像炸开了一样,觉得自己就快要晕倒。只得说:"我会赔偿各位的损失的,希望大家不要担心,等到评估报告出来,该怎么理赔我肯定会理赔。"

苏的店员一个也没有出现,上东区的店长带着三个店员打扫两家铺子。我想我必须坐下来,不然我会崩溃的。从街道的监控录像看,火的确是从苏开始的,可是当时离最后一个店员离去已经两个多小时了,没人知道这火是怎么起的。

看着眼前的一片狼藉，自己这两年的心血死在了一场火里，心痛的窒息。

我是没有钱赔这几家商铺的，大概几天之后我就会彻底破产，还会背一堆债，恐惧像噬着木头的一群白蚁一样噬着我的肌肤、血液和骨头。

我恍恍惚惚地回到家，不知道该怎么办，也许现在最好的办法便是出国，消失得无影无踪，任谁也找不到我。

我看看主卧里的箱子，里面的东西已经收拾得七七八八了。我打开电脑，思考该订哪国的机票。

我的脑海中突然出现蓝斯顿的脸，真是讽刺，你离开我，我离开这个城市。我们彼此不过是印象深刻的路人，几百日的时光过去，便不过是夜里梦呓时突然的灼痛。

可是蓝斯顿，我还是，想再见你一面。

我眼前浮现出蓝斯顿的脸。我想起我们在一起的第二天晚上，他捧着一把白色的银莲花，拉着我的手，用生硬的中文对我说："野有蔓草，零露溥兮。有美一人，清扬婉兮。邂逅相遇，适我愿兮。"他说得很费力，时而皱皱眉头似乎在努力地想着下一句。可是他的眼神温柔地把我包围，我觉得我可以在他的眼神中温暖地沉睡。

蓝斯顿，对不起，我还是爱你了。这不是我计划里的事，这是我的私事。

我发了一条短信给蓝斯顿，说："蓝斯顿，我闯祸了。我想见你最后一面,请求你。"

蓝斯顿的短信迅速地回来:"我不会再见你了,请保重。"

我再也控制不住自己,眼泪汹涌而出。我不是一直都是那个幸运儿吗,为什么,我不懂。

蓝斯顿那个声称如此爱我的人,唯一愿意保护我的人不会再站到我身后了,我终于又是孑然一人了。不可能,蓝斯顿不会不愿见我的,他毕竟是爱过我的,他颤抖的身体告诉过我他对我的爱。他只是怕了,我把手里的一切毁成这个样子,我是没有办法不去找他了,否则,我只有死路一条。

我想到从前和官山、陆岳在一起时,他们偶尔开玩笑说谁谁谁又怎样把钱洗出去然后一身轻的事。我必须要在评估报告和那些店主搞明白我根本没钱赔也不会赔之前把钱转出去,不能把宝押在警察会给我一个清白上。弄清蓝斯顿的态度,如果他是真的放弃我了,就要赶在所有人反应过来怎么回事之前跑路。

蓝斯顿,我们是相爱的,一定是有什么原因让他对我的爱不得不戛然而止。我要得到他的人,他的钱,他的自由。

我订了当天香港的往返机票,打电话约了北京的银行第二天我要大额取现。带着水电单,一下飞机就直奔中环,开了两个不同银行的户头。有些不放心,又找到曾经英国的两个同学求他们帮忙用自己的户头收一下钱,因为我忘记带材料,开不了户。晚上又飞回到家里,清点自己值点钱的东西,数来数去,不过几条项链。

第二天一大早,我提着新买的箱子,去了银行,取了130万。打电话给几个大学同学,几个听说我发了财迫切想巴结我的。我闲闲地说自己要去国外私立学校学设计,麻烦用一下大家的额度汇一下钱,当然每个人是有5000人民币的好处费的。

虽然她们有所迟疑,但这迟疑迅速地转变成敬佩,通通为我贡献了自己的额度。外汇管制越来越严,我提前把账号给了她们,自己坐在银行外,一个上午,跑了四家不同的银行,终于算是搞定了。下午的时候,又飞到了香港。住了一晚,第二天一早就去把前一天打到香港的钱取出来,用现金打到了我原来在英国的两个户头。

下午时,又回到了北京,把剩下的钱一部分用自己的额度买了美金现金,剩下的买了黄金。

下面就要逼一逼蓝斯顿了。

我不相信,这世上总能够有一个男人是爱我的吧。我顺着铁轨往前走,不知道走了多久。我查过时刻表,两个小时内这一条轨道应该不会有火车经过。

发了一条短信给蓝斯顿:"安娜·卡列尼娜,最后的诀别。"发完,我把自己的GPS定点发给了他。

坐在铁轨旁盯着手机屏幕,蓝斯顿没有任何回音。我闭着眼睛把腿放在铁轨上,躺了下来。我总归不信蓝斯顿是不肯来的。

铁轨很冰，大概是因为已经两天没有出太阳了。我拉出耳机戴上，钢琴版的流浪的红舞鞋。王菲声音婉转，把歌唱成了诗。

巨大的黑暗毫无征兆地覆盖了我，我来不及错愕，疼痛已经扼住了我的嗓子，说不出话来。此时应该没有火车经过才对，也许我走错了轨道，也许改了时刻表，也许我和蓝斯顿无缘最后一面。我想我的心已经破碎了，真好，我的时间用完了，我没有时间爱你了，我不爱你了，真好。

我输了。

我轻飘飘地飞了起来，看着躺在地上惨不忍睹的女尸，觉得她和我没有任何关系，她看上去丑陋而阴冷。我的身体飘过金先生的办公楼，他在打电话，他说："我们无须在她身上再浪费时间了，她的店铺可能是被台方烧了，她赔不起，一定会跑的，不会留在北京去追究那些她搞不清楚的事。"他挂了电话，舒了一口气，走出办公楼，来到银行，接待他的是个水灵灵的姑娘，大概才转正没有多久。他对她说："麻烦帮我打150万到这个账号。"姑娘接过他递的纸，噼噼啪啪地在电脑上打起来，这时他又长长地舒了一口气，问："你觉得这些钱用来和一个你不怎么喜欢但在一起待了三个月的女生分手够吗？"

　　女孩微微愣了一下，抬起头来，眼睛里满是蜜意，她微笑地说："我觉得应该是够了，先生。"

　　金先生看着她，说："你们行有什么新的信用卡吗？在国外买奢侈品比较方便的？"

　　姑娘马上拿出一个小册子递给他，说："这个可能比较适合，您今天办吗？"

金先生看了一眼表说:"今天时间来不及了,我现在得回去开会。册子我拿走了,明天再办吧,谢谢你了。"

姑娘赶紧拿出一张名片递给金先生,说:"明天您来就直接来找我,我给您办行吗?"

金先生举着小册子点了点头,出了银行大门,扭头走进了旁边的金鼎轩。

我飘到了机场,看到了陆岳在排队过海关,他前面一个人的手机突然响了起来,铃声用了老气的《致爱丽丝》。陆岳自言自语道:"来大陆这么久,听到这曲子还是止不住就想去倒垃圾。"

轮到他过海关了,边检刷了一下他的护照,对他说:"先生,麻烦您跟我们工作人员去一下那边。"

陆岳伸手问她要护照的工夫,两个执勤人员已经站到了他身后,陆岳没有办法,只得跟着他们进了一间小黑屋。一个执勤人员说:"马上会有相关人员接您走。"

陆岳发疯似的喊起来:"凭什么带我走?你们想干什么,你们是违法的!"

执勤人员并没有说话。过了一会儿,三个军人走了进来,其中领头的对陆岳亮了一下证件,说:"你涉嫌在我国领土内从事间谍行动,请配合我部调查。"说完扭身对后面两个小兵说:"带走。"

陆岳的手背扣在身后,上了一辆摆渡车。被带出了机场。

我本来想跟着他,却看到了机场贵宾厅里休息的蓝斯顿。他正翻着一本杂志,突然他放下了杂志,怔怔地看着我所在的方向，也许他看到了我。他的眼神是那样的哀伤，是四月江南的一场雪，他喃喃自语了几句，眼睛湿润。

这时罗斯风风火火地走进来，蓝斯顿看着她说："罗斯，我的电话在你那里吗？我需要用。"

罗斯点点头，掏出一部手机递给蓝斯顿，说："给你，不过如果你是想要给那个冒牌薇若妮卡打电话的话，我劝你还是不要打，不要挑战我，蓝斯顿。"

蓝斯顿看着罗斯，说："罗斯，你认识曾经的薇若妮卡，你认识这个薇若妮卡，你应该明白你无法强迫我把这些感情统统放下，我只是想和她告个别。"

罗斯冷笑了一声，说："我劝你还是不要打了，光我认识的已经有一个金元、一个你整天把她贡得水润润的。这种年轻貌美的姑娘没有什么深情，劝你不要再想她，免得自己伤心。"

蓝斯顿看着罗斯，说："钱你拿走，你放过我的人可以吗？"

罗斯说："也许有一天我会放过你这个人，但是不是现在。"

蓝斯顿说："罗斯，我亲爱的天真的罗斯，难道你还是不愿意接受现实吗？我恐怕无法再爱你了。"

罗斯说："那需要我提醒你吗，蓝斯顿，薇若妮卡病重你和我约会，薇若妮卡要和你离婚，为什么她那么快就死了？她的医生为什么去美国考执照去了？"

蓝斯顿垂下头来，罗斯说："她的保险，你不要以为我不知道除了她的遗产外，还有一份巨额的保险。"

蓝斯顿瞪大了眼睛看着罗斯，罗斯笑了笑，说："如果我告诉你我知道汤普森和官家交易的钱的事，你是不是也想杀了我？"罗斯伸出手去摸了摸蓝斯顿愤怒的脸颊，说："我想我们得去一下美丽的沙巴，蓝斯顿。"蓝斯顿的眼神有些慌乱，罗斯亲了亲他，说："没有人可以拒绝法国女人，那个来路不明主动凑上来的陆岳也是一样。"

罗斯从包里拿出一个化妆包去了化妆间，留下蓝斯顿惊愕地坐在那里。罗斯哼着小曲，为自己细细地画上了口红，这时手机进来一条短信，她打开手机，上面写着：店已经烧没了，她应该不会再在原来的地方开店了。罗斯冷笑了一声，删了短信，继续哼着小曲化妆。

我的身体越来越轻，我试图抓住一根栏杆，留在这里，再看看这些人，然而我发现自己抓不住任何东西。人间在我的眼中越来越小。

我在人间的最后一眼，看到了他，耗尽我半生爱情的男人，我蒸发了的男朋友。

高墙之中，他失去了本来的样子。他的身体覆盖在另一个弱小的男人身上，男人发出痛苦而麻木的哼哼，而他叫喊着我的名字。

他旁边另一个老头从墙角掏出一个烟头，深深地吸了一口，说："好好一个小伙子，把女朋友情人的司机当她情人给捅死了，造孽啊。"老头上铺的男人吐了一口痰，正好掉到老头的号服上，老头一下从床上跳起来，骂道："你大爷，欺负你爷爷老了是吧。"

接下来的混战我没有看到，我最后看了那个我曾经深爱过的男人一眼，可是他已经留不住我的视线了。

我开始不再想这些人，呼吸变得无比地畅快，轻盈的身体在云朵间舞蹈，我终究还是幸运儿，现在一定是要去见上帝。

这时，我又看到了她，我梦里的那个女人，我的母亲。她有巨大的白色的翅膀，轻轻地向我招手。我看着她，她也望着我。我的身体像是流过了五月的花蜜，我想我从未如此的幸福，一切像是充满斑斓泡沫的梦境，我再也不会醒来了，我将开始另一种生活。同我的母亲在一起，我无须再介怀别人的眼神，我有母亲温热的怀抱。我不知道我的父亲在哪里，可是母亲轻轻地亲吻着我的额头，那样诚挚地祝福我，我感到从未有过的满足。

层层的云朵挡住了我曾经爱过的那个城市，那所无爱之城。而我，已经一步步接近了真相。如果薇若妮卡也上了天堂的话，希望她可以和汤普森相遇，我开始想象她漫不经心的样子，希望她多带了几双 So Kate。